ARTHUR CONAN DOYLE

SHERLOCK HOLMES

O CÃO DOS BASKERVILLE

ARTHUR CONAN DOYLE

SHERLOCK HOLMES

O CÃO DOS BASKERVILLE

Tradução
Monique D'Orazio

TriCaju

Esta é uma publicação Tricaju, selo exclusivo da Ciranda Cultural
© 2021 Ciranda Cultural Editora e Distribuidora Ltda.

Traduzido do original em inglês
The Hound of the Baskervilles

Texto
Arthur Conan Doyle

Tradução
Monique D'Orazio

Diagramação
Project Nine Editorial

Revisão
Project Nine Editorial
Edson Nakashima

Produção editorial e projeto gráfico
Ciranda Cultural

Design de capa
Wilson Gonçalves

Texto publicado integralmente no livro *Sherlock Holmes - O cão dos Baskerville*, em 2019, na edição em brochura pelo selo Principis da Ciranda Cultural. (N.E.)

Dados Internacionais de Catalogação na Publicação (CIP) de acordo com ISBD

D754s   Doyle, Arthur Conan, 1859-1930

        Sherlock Holmes – O cão dos Baskerville / Arthur Conan Doyle ; traduzido por Monique D'Orazio. - Jandira, SP : Tricaju, 2021.
        224 p. ; 15,5cm x 22,6cm. - (Sherlock Holmes)

        Tradução de: The hound of the Baskervilles
        ISBN: 978-65-89678-30-4

        1. Literatura inglesa. 2. Ficção. I. D'Orazio, Monique. II. Título. III. Série.

2021-706   CDD 823.91
                                                                                 CDU 821.111-3

Elaborado por Odilio Hilario Moreira Junior - CRB-8/9949

                                  Índice para catálogo sistemático:
                                  1.! Literatura inglesa : ficção 823.91
                                  2.! Literatura inglesa : ficção 821.111-3

1ª edição em 2021
www.cirandacultural.com.br
Todos os direitos reservados.
Nenhuma parte desta publicação pode ser reproduzida, arquivada em sistema de busca ou transmitida por qualquer meio, seja ele eletrônico, fotocópia, gravação ou outros, sem prévia autorização do detentor dos direitos, e não pode circular encadernada ou encapada de maneira distinta daquela em que foi publicada, ou sem que as mesmas condições sejam impostas aos compradores subsequentes.

Sumário

O sr. Sherlock Holmes — 7

A maldição dos Baskerville — 16

O problema — 30

Sir Henry Baskerville — 42

Três fios partidos — 58

Baskerville Hall — 72

Os Stapleton de Merripit House — 85

Primeiro relatório do dr. Watson — 103

Segundo relatório do dr. Watson — 113

Excerto do diário do dr. Watson — 135

O homem no penedo — 148

Morte na charneca — 165

Preparando as redes — 181

O Cão dos Baskerville — 196

Uma retrospectiva — 211

Capítulo 1

• O sr. Sherlock Holmes •

O sr. Sherlock Holmes, que geralmente se levantava muito tarde pelas manhãs, salvo nessas não raras vezes em que ficava acordado a noite toda, estava sentado à mesa do café. Pisei sobre o tapete da lareira e peguei a bengala que nosso visitante tinha deixado para trás na noite anterior. Era um bom e grosso pedaço de madeira, bulbosa, do tipo que é conhecido como "Advogado de Penang". Logo abaixo do punho havia uma faixa larga de prata de mais de dois centímetros de espessura. Os dizeres "Para James Mortimer, M.R.C.S.,[1] de seus amigos do C.C.H." estavam gravados no objeto, com a data "1884". Era uma bengala do tipo que os antigos médicos de família costumavam carregar: digna, sólida e segura.

– Bem, Watson, o que tem a dizer sobre ela?

Holmes estava sentado de costas para mim, e eu não lhe tinha dado nenhum sinal da minha ocupação.

– Como sabia o que eu estava fazendo? Acho que você tem olhos atrás da cabeça.

---

1 Membro do Colégio Real de Cirurgiões. (N. T.)

– Eu tenho, pelo menos, um bule de café prateado e bem polido diante de mim – avisou ele. – Mas, diga-me, Watson, o que você tem a dizer sobre a bengala do nosso visitante? Já que fomos infelizes a ponto de não o termos visto e de não termos noção de qual era a sua missão, este *souvenir* acidental torna-se digno de importância. Deixe-me ouvi-lo reconstruir o homem por meio de um exame da bengala.

– Acho – comecei, seguindo o máximo que podia os métodos do meu companheiro – que o dr. Mortimer é um homem idoso, praticante de medicina, bem estimado, pois aqueles que o conhecem lhe dão este tipo de provas de agradecimento.

– Bom! – disse Holmes. – Excelente!

– Acho também que as probabilidades estão a favor de ele ser um médico da zona rural, que faz boa arte de suas visitas a pé.

– Por que diz isso?

– Porque esta bengala, embora originalmente muito bonita, foi tão malhada que eu nem consigo imaginar um médico da cidade carregando um objeto desses. O casquilho de ferro grosso está desgastado; logo, é evidente que o sujeito andou bastante com esta bengala.

– Perfeitamente impecável! – congratulou Holmes.

– E, por outro lado, há os "amigos do C.C.H.". Eu suponho que isso seja "alguma coisa" Hunt, o clube de caça local a cujos membros ele possivelmente prestou alguma assistência cirúrgica, e que lhe prestaram uma pequena homenagem em retribuição.

– Realmente, Watson, você se supera – comentou Holmes, empurrando sua cadeira para trás e acendendo um cigarro. – Sou obrigado a afirmar que, de todas as contribuições que fez a gentileza de oferecer às minhas pequenas conquistas, você habitualmente subestima suas próprias habilidades. Pode ser que você mesmo não seja iluminado, mas é um condutor de luz. Algumas pessoas, mesmo sem possuir genialidade, têm o notável poder de a estimular. Confesso, meu caro amigo, que lhe sou muito grato.

Holmes nunca dissera isso antes, e devo admitir que suas palavras me deram um prazer mordaz, pois muitas vezes me senti perturbado por sua indiferença à minha admiração e às minhas tentativas de dar publicidade aos seus métodos. Também senti orgulho de pensar que eu, por fim, dominava seu método a ponto de aplicá-lo de um modo que lhe ganhasse a aprovação. Naquele momento, ele tirou a bengala das minhas mãos e a examinou por alguns segundos a olhos nus. Depois, com uma expressão de interesse, pousou o cigarro e, carregando a bengala para a janela, observou-a mais uma vez com uma lente convexa.

— Interessante, embora elementar — disse ele, ao voltar para seu canto preferido do canapé. — Há certamente um ou dois indicadores na bengala. O que nos dá base para várias deduções.

— Alguma coisa me escapou? — perguntei com ares de importância. — Ponho fé que não ignorei nada de importância, sim?

— Receio, meu caro Watson, que a maioria de suas conclusões tenha sido errônea. Quando mencionei que você me animava, quis dizer, para ser franco, que, percebendo seus enganos, acabei sendo levado, ao acaso, à direção da verdade. Não que você esteja errado por completo neste caso. O homem certamente é um médico do interior. E caminha bastante.

– Então eu estava certo.

– Só até aí.

– Mas isso foi tudo.

– Não, não, meu caro Watson, não tudo. De maneira alguma isso é tudo. Gostaria de sugerir, por exemplo, que é mais provável o médico receber uma homenagem do hospital do que de um clube de caça, e que quando as iniciais "C.C." são colocadas antes da palavra "hospital", as palavras "Charing Cross" se sugerem sozinhas naturalmente.

– Você pode estar certo.

– A probabilidade está nessa direção. E se tomarmos isso como uma hipótese de trabalho, temos uma base nova sobre a qual começar a construir esse visitante desconhecido.

– Bem, então, supondo que "C.C.H." signifique "Charing Cross Hospital", quais outras inferências podemos extrair?

– Nenhuma se sugere? Você conhece meus métodos. Aplique-os!

– Só consigo pensar na conclusão óbvia de que o homem exerceu medicina na cidade antes de ir para o campo.

– Acho que podemos nos aventurar um pouco mais longe do que isso. Observe com esta luz. Em que ocasião seria mais provável que tal homenagem fosse feita? Quando os amigos dele se uniriam para lhe prestar uma homenagem por sua bondade? Obviamente, no momento em que o dr. Mortimer se retirasse do serviço do hospital para iniciar a prática independente da medicina. Sabemos que houve uma homenagem. Acreditamos que houve uma mudança de um hospital da cidade para a atividade no campo. Portanto, é esticar demais nossa inferência dizer que a homenagem ocorreu no momento dessa mudança?

– Certamente parece provável.

– Agora, você irá observar que ele poderia não ter feito parte da equipe do hospital, já que somente um homem bem estabelecido na prática em Londres poderia ocupar uma posição desse vulto, e essa pessoa não iria embora para o interior. Então o que ele era? Se estava no hospital, mas não na equipe, só poderia ter sido um cirurgião residente ou um médico-residente, um pouco mais do que um estudante sênior. E partiu há cinco anos: a data está na bengala. Portanto, seu médico de família austero e de meia-idade desvanece no ar, meu caro Watson, e emerge daí um jovem de menos de trinta anos, amigável, sem ambição, distraído e dono de um cão favorito, que eu deveria descrever mais ou menos como sendo maior do que um *terrier* e menor do que um mastim.

Ri, incrédulo, quando Sherlock Holmes se recostou em seu sofá e soprou pequenos anéis de fumaça bruxuleantes até o teto.

– Quanto à última parte, não há meios de contradizê-lo – disse eu –, mas pelo menos não é difícil descobrir algumas indicações sobre a idade e a carreira profissional. – De minha pequena estante de medicina, peguei o diretório médico e encontrei o nome. Havia vários Mortimer, mas apenas um poderia ser nosso visitante. Li a ficha em voz alta:

"Mortimer, James, M.R.C.S., 1882, Grimpen, Dartmoor, Devon. Cirurgião residente, de 1882 a 1884, no Charing Cross Hospital. Vencedor do prêmio Jackson de Patologia Comparada, com o ensaio intitulado 'A doença é uma reversão?'. Membro correspondente da Sociedade Sueca de Patologia. Autor de 'Algumas aberrações de atavismo' (*Lancet*, 1882). 'Nós progredimos?' (*Jornal de Psicologia*, março de 1883). Médico das comunidades de Grimpen, Thorsley e High Barrow".

– Nenhuma menção a esse grupo de caça local, Watson – concluiu Holmes, com um sorriso travesso –, mas um médico de interior, como você observou muito astutamente. Acho que minhas inferências foram suficientemente justificadas. Quanto aos adjetivos, eu disse, se me lembro bem, "amigável, sem ambição e distraído". De acordo com a minha experiência, neste mundo, apenas um homem amável recebe homenagens, apenas uma pessoa sem ambição abandona uma carreira em Londres em troca do campo e só alguém distraído deixaria a bengala e não um cartão de visita depois de esperar uma hora na sala de alguém.
– E o cão?
– Tem apresentado o hábito de carregar esta bengala atrás de seu mestre. Sendo uma bengala pesada, o cão a segurou firmemente pelo meio, e as marcas de dentes são claramente visíveis. A mandíbula do animal, como mostrado no espaço entre estas marcas, é ampla demais, na minha opinião, para um *terrier*, e não é larga o suficiente para um mastim. Pode ter sido... por Deus, é um *spaniel* encaracolado.

Ele havia se levantado e caminhado de um lado para o outro pela sala enquanto falava. Agora estava no nicho da janela. Havia tamanho tom de convicção em sua voz que eu ergui os olhos para ele, surpreso.
– Meu caro colega, como é possível que tenha tanta certeza?
– Pela simples razão de que vejo o próprio cão em nossa porta, e há o anel do dono. Não se mexa, Watson, eu imploro.

Ele é um irmão seu de profissão, e sua presença pode ser útil para mim. Agora é aquele momento dramático do destino, Watson, em que se ouve um passo sobre a escada, prestes a entrar em nossa vida, mas não se sabe se é para o bem ou para o mal. O que o dr. James Mortimer, o homem da ciência, deseja de Sherlock Holmes, o especialista em crime? Pode entrar!

A aparência do nosso visitante foi uma surpresa para mim, já que eu esperava um médico típico de interior. Era um homem muito alto, magro, com um nariz comprido que parecia um bico projetado para fora, entre dois olhos ansiosos e cinzentos, muito juntos um do outro e reluzentes atrás de um par de óculos de armação dourada. Ele estava paramentado de uma forma profissional, mas um pouco desleixada, pois a sobrecasaca estava suja e as calças, desgastadas. Embora jovem, suas costas longas já estavam curvadas, e ele caminhava com um impulso para a frente da cabeça e um ar geral de benevolência aristocrática. Assim que entrou, seus olhos recaíram sobre a bengala na mão de Holmes, e ele correu em direção a ela com uma exclamação de alegria.

– Estou muitíssimo contente – disse. – Não tinha certeza se a havia deixado aqui ou no Escritório de Expedição. Eu não perderia essa bengala por nada no mundo.

– Um presente, eu vejo – supôs Holmes.

– Sim, senhor.

– Do Charing Cross Hospital?

– De um ou dois amigos de lá, por ocasião do meu casamento.

– Minha nossa, minha nossa, isso é ruim! – revelou Holmes, balançando a cabeça.

O dr. Mortimer piscou através de seus óculos, com leve espanto.

— Por que foi ruim?

— Apenas porque o senhor revirou nossas pequenas deduções. Seu casamento, foi o que disse?

— Sim, senhor. Eu me casei e depois deixei o hospital, e com toda a esperança de um consultório próprio. Era necessário ter minha própria casa.

— Ora, ora, não estamos tão errados assim, afinal — ponderou Holmes. — E agora, dr. James Mortimer...

— "Senhor", chame-me de "senhor", um humilde Membro do Colégio Real de Cirurgiões.

— E um homem de mente precisa, evidentemente.

— Um amador da ciência, sr. Holmes, um catador de conchas nas margens do grande oceano desconhecido. Presumo que seja o sr. Sherlock Holmes a quem estou me dirigindo, e não...

— Não, este é o meu amigo, dr. Watson.

— É um prazer conhecê-lo. Ouvi seu nome mencionado em conexão ao de seu amigo. O senhor me interessa muito, sr. Holmes. Eu não esperava um crânio tão dolicocéfalo ou um desenvolvimento supraorbital tão marcante. Teria alguma objeção a eu passar o dedo ao longo da sua fissura parietal? Um molde de gesso do seu crânio, senhor, até que o original esteja disponível, seria um ornamento para qualquer museu antropológico. Não é minha intenção ser exagerado, mas confesso que eu cobiço o seu crânio.

Sherlock Holmes fez um aceno para que nosso estranho visitante tomasse assento.

— O senhor é um entusiasta na sua linha de pensamento, eu percebo, como eu sou na minha — comentou Holmes. — Observo pelo seu dedo indicador que o senhor faz os próprios cigarros. Não hesite em acender um.

O homem tirou do bolso papel e tabaco e enrolou um ao redor do outro com uma destreza surpreendente. Tinha dedos longos e trêmulos, tão ágeis e inquietos quanto as antenas de um inseto.

Holmes estava em silêncio, mas seus pequenos olhares certeiros me mostravam o interesse com que ele observava nosso curioso companheiro.

– Eu presumo, senhor – meu amigo disse por fim –, que examinar minha cabeça não era a única finalidade que o fez me honrar com sua visita ontem à noite e hoje de novo.

– Não, senhor, não; apesar de ficar feliz por ter tido a oportunidade de fazer isso também. Eu o procurei, sr. Holmes, porque reconheci que sou um homem pouco prático e que, de repente, estou sendo confrontado com um problema muito sério e extraordinário. Reconhecendo, como reconheço, que o senhor é o segundo maior especialista na Europa...

– De fato, senhor! Posso perguntar quem tem a honra de ser o primeiro? – indagou Holmes com alguma aspereza.

– Para o homem de mente precisamente científica, o trabalho de monsieur Bertillon deve sempre ter forte apelo.

– Então não teria sido melhor consultá-lo?

– Eu disse, senhor, para um homem de mente precisamente científica. Apesar disso, como homem de modos práticos, sabe-se que o senhor está sozinho. Espero que eu não tenha inadvertidamente...

– Apenas um pouco – respondeu Holmes. – Acho que sim, dr. Mortimer, o senhor agiria com mais sabedoria se, sem mais delongas, fizesse a gentileza de me dizer sem meias palavras a natureza exata do problema que necessita de minha ajuda.

Capítulo 2

• A MALDIÇÃO DOS BASKERVILLE •

Tenho em meu bolso um manuscrito – disse o dr. James Mortimer.
– Eu observei quando o senhor entrou na sala – respondeu Holmes.
– É um manuscrito antigo.
– Do início do século XVIII, a menos que seja uma falsificação.
– Como adivinhou, senhor?
– Vejo que está com dois centímetros do manuscrito à mostra desde que começou a falar. Apenas um mau perito não poderia afirmar a data de um documento, pelo menos, dentro da década correta. É possível que o senhor tenha lido minha pequena monografia sobre o assunto. Eu sugeriria 1730.
– A data exata é 1742. – O dr. Mortimer tirou documento do bolso do peito. – Este papel de família foi submetido aos meus cuidados por *sir* Charles Baskerville, cuja morte súbita e trágica há três meses criou um grande reboliço em Devonshire. Eu diria que era amigo pessoal dele, bem como seu médico. Ele era um homem forte de espírito, senhor, perspicaz, prático e tão desprovido de imaginação como eu próprio. Apesar disso, levava esse documento muito a sério, e sua mente estava preparada para um fim como o que o acabou recaindo sobre ele.

Holmes estendeu a mão para o manuscrito e o alisou em cima do joelho.

– Irá observar, Watson, o uso alternado do "S" longo e do curto. É uma das várias indicações que me levam a delimitar uma data.

Por cima do ombro de Holmes, olhei o papel amarelo e a caligrafia desbotada. No cabeçalho estava escrito "Baskerville Hall", e abaixo, em garranchos grandes, "1742".

– Parece ser algum tipo de depoimento.

– Sim, é um depoimento de uma certa lenda que corre na família Baskerville.

– Mas presumo que o motivo de sua consulta seja mais moderno e prático, pois não?

– Moderníssimo. Um assunto do tipo mais prático e urgente, que precisa ser decidido dentro de vinte e quatro horas. No entanto, o manuscrito é curto e está intimamente ligado ao caso. Com sua permissão, vou ler para o senhor.

Holmes se recostou na poltrona, unindo as duas mãos pelas pontas dos dedos, e fechou os olhos com um ar de resignação. O dr. Mortimer virou o manuscrito para a luz e leu em voz alta e esganiçada a curiosa narrativa do velho mundo.

"Da origem do Cão dos Baskerville há muitos testemunhos; porém, como venho de uma linhagem direta de Hugo Baskerville e como ouvi a história de meu pai, que também ouviu do pai dele, determinei, com toda a crença, que ocorreu mesmo como aqui está descrito. Gostaria que acreditassem, meus filhos, que a mesma Justiça que pune o pecado pode, também, generosamente, perdoá-lo, e que nenhuma imprecação seja tão

pesada, que pela oração e pelo arrependimento não possa ser removida. Aprenda então com esta história a não temer os frutos do passado, mas a ser circunspecto no futuro; que aquelas paixões maléficas que fizeram nossa família sofrer de forma tão dolorosa possam não ser mais libertas para a nossa perdição.

Então saibam que, no tempo da Grande Rebelião (cuja história, da autoria do sábio Lorde Clarendon, eu recomendo à sua atenção), essa Mansão Baskerville estava em posse de Hugo, de mesmo nome, mas não se pode negar que ele fosse o homem mais selvagem, profano e ímpio. Isso, em verdade, seus vizinhos podem ter perdoado, já que os santos nunca prosperaram naquelas bandas, mas havia um certo humor arbitrário e cruel que fez do nome de Hugo Baskerville um provérbio por todo o oeste. Quis o destino que esse Hugo viesse a amar (se, de fato, uma paixão tão sombria possa ser conhecida sob um nome tão luminoso) a filha de um pequeno fazendeiro que tinha terras perto da propriedade de Baskerville.

Mas a jovem donzela, sendo discreta e de boa reputação, sempre o evitava, pois temia seu nome perverso. Então aconteceu que, em um dia de São Miguel, esse Hugo, com cinco ou seis de seus companheiros ociosos e ímpios, entrou sorrateiramente na fazenda e levou a donzela de lá, já que o pai e os irmãos da moça estavam ausentes e ele sabia muito bem disso. Quando a levaram para a mansão, a donzela foi colocada em um aposento superior, enquanto Hugo e seus amigos se reuniram para uma longa bebedeira, como era seu costume todas as noites. Ora, a pobre moça lá em cima ficou perturbada com todos os gritos, a cantoria e os xingamentos terríveis que chegavam até ela, pois dizem que as palavras de Hugo Baskerville, quando estava à base de vinho, eram tais que poderiam arruinar o homem que as emitia. Enfim, no estresse do medo, ela fez o que poderia ter intimidado o homem mais corajoso ou o mais ativo, pois, com a ajuda da hera crescida que cobria (e ainda cobre) a parede sul, ela desceu dos beirais e seguiu para casa através da charneca, sendo que havia três léguas entre a mansão e a fazenda do pai dela.

Aconteceu que, algum tempo mais tarde, Hugo deixou a companhia de seus convidados para levar comida e bebida – com outras coisas piores, presumo – para a prisioneira, mas encontrou a gaiola vazia e descobriu que o pássaro fugira. Então, ao que parece, ele ficou como que possuído pelo demônio, pois, correndo pelas escadas para o salão de jantar, ele saltou sobre a grande mesa, fazendo jarras e tábuas voarem diante dele, e berrou a plenos pulmões para todos os convidados que, naquela mesma noite, ele entregaria o corpo e a alma para os Poderes do Mal, se conseguisse recuperar a moça. E enquanto os convivas estavam horrorizados com a fúria do homem, um mais perverso ou, até mesmo, mais bêbado do que os demais gritou que eles deveriam mandar os cães atrás da moça. À vista disso, Hugo saiu de casa às pressas, bradando para os cavalariços selarem a égua e soltarem a matilha do canil. Dando a cada um dos animais um lenço da donzela, colocou-os no faro dela e assim eles saíram em grande algazarra para a charneca, ao luar."

"Ocorre que, por certo tempo, os ébrios ficaram boquiabertos, incapazes de entender tudo o que se fizera com tamanha pressa. Mas, logo, seu juízo bestificado despertou para a natureza do que estava prestes a acontecer nas charnecas. Tudo então era um alvoroço, alguns pedindo que lhes trouxessem a pistola, alguns que preparassem os cavalos, e alguns, ainda, outra garrafa de vinho. Porém, certo tempo depois, algum juízo voltou às mentes aloucadas, e todos eles, treze em número, montaram a cavalo e começaram a perseguição. A lua brilhava límpida acima deles e cavalgaram depressa lado a lado, fazendo o percurso que a moça devia ter tomado se pretendia chegar à casa dela.

Tinham percorrido dois ou três quilômetros quando passaram por um dos pastores da noite, nas charnecas, e lhe gritaram se ele tinha visto a perseguição. E o homem, como diz a lenda, estava tão louco de medo que mal conseguia falar, mas finalmente disse que tinha, de fato, visto a infeliz donzela, com os cães no seu encalço. 'Mas eu vi mais do que isso', disse ele, 'pois Hugo Baskerville passou por mim, montado em sua égua negra, e atrás dele seguia, sem fazer ruído, um tal cão do inferno, que Deus me livre de um dia tê-lo nos meus calcanhares.' Então os cavalheiros embriagados amaldiçoaram o pastor e seguiram em frente. Contudo, logo suas peles ficaram geladas, pois ouviu-se um galope cruzando a charneca, e a égua negra, coberta de espuma branca, passou por eles arrastando as rédeas e com a sela vazia. Os convivas então passaram a cavalgar juntos uns dos outros, acometidos por um grande temor, mas apesar disso seguiram para a charneca, embora cada um deles, se estivesse sozinho, teria ficado bem feliz em dar meia-volta com a montaria. Cavalgando lentamente dessa forma, enfim chegaram aos cães. Estes, porém, conhecidos por sua coragem e seu pedigree, estavam ganindo amontoados na cabeceira de um penhasco profundo sobre a charneca, ou garganta, como chamamos, alguns se afastando furtivamente e outros, com os pelos eriçados e os olhos vidrados, fitavam o vale estreito diante deles.

Os companheiros haviam se detido, mais sóbrios agora, como podem imaginar, do que quando começaram. A maioria de forma alguma queria avançar, porém três, os mais corajosos, ou também poderiam ser os mais bêbados, seguiram adiante para descer a garganta. O vale se abria em um espaço amplo no qual se erigiam duas daquelas grandes rochas, que ainda podem ser vistas lá, assim postas por certos povos esquecidos de épocas passadas. A lua brilhava sobre a clareira, e lá no centro estava a infeliz moça, onde ela havia caído, morta de medo e de fadiga. Contudo, não era a visão do corpo dela, nem o de Hugo Baskerville deitado perto dela, que deixou esses três fanfarrões temerários de cabelo em pé, mas sim o que estava em cima de Hugo. Dilacerando-lhe a garganta estava uma coisa asquerosa, uma enorme besta preta com a forma de um cão, porém maior do que qualquer cão que qualquer olho mortal jamais tenha visto. E, diante dos olhos dos homens, a coisa rasgou a garganta de Hugo Baskerville. Assim que o viram, voltando os olhos chamejantes e as mandíbulas gotejantes *para eles, os três guincharam de medo e cavalgaram com todas as suas forças pela charneca, ainda berrando. Um, diz-se, morreu naquela noite por causa do que tinha visto, e os outros dois passaram a não ser mais do que homens inválidos pelo resto de seus dias.*

Tal é a história, meus filhos, da chegada do cão que atormenta a família tão dolorosamente desde então. Se eu a relato aqui, é porque os fatos claramente conhecidos ensejam menos terror do que o que apenas é sugerido e suposto. Também não pode ser negado que muitos da família tiveram mortes infelizes – súbitas, sangrentas e misteriosas. Porém, que possamos nos abrigar na infinita bondade da Providência, que nunca, jamais, puniria os inocentes indefinidamente além daquela terceira ou quarta gerações, segundo as ameaças das Sagradas Escrituras. A essa Providência, meus filhos, eu lhes confio por meio desta, e os aconselho, a título de precaução, evitar atravessar a charneca nessas horas sombrias em que os poderes do mal estão exaltados.

(De Hugo Baskerville para seus filhos, Rodger e John, com instruções para que não digam nada para sua irmã Elizabeth.)"

Quando o dr. Mortimer terminou de ler essa narrativa singular, ergueu os óculos na testa e fixou o olhar na direção de onde estava o sr. Sherlock Holmes. Este bocejou e jogou a ponta do cigarro na lareira.

– Bem? – disse ele.

– Não acha isso interessante?

– Para um colecionador de contos de fadas.

O dr. Mortimer tirou um jornal dobrado do bolso.

– Agora, sr. Holmes, nós lhe daremos algo um pouco mais recente. Este é o *Devon County Chronicle* de 14 de maio deste ano. É um relato curto dos fatos envolvidos na morte de *sir* Charles Baskerville, que ocorreu poucos dias antes dessa data.

Meu amigo se inclinou um pouco para a frente, e sua expressão se tornou intensa. Nosso visitante reajustou os óculos e começou:

> "A recente morte de sir Charles Baskerville, cujo nome foi mencionado como o provável candidato Liberal para Mid-Devon na próxima eleição, lançou uma sombra sobre o condado. Embora sir Charles tenha residido em Baskerville Hall durante um período relativamente curto, sua amabilidade de caráter e generosidade extrema ganharam a afeição e o respeito de todos os que tiveram contato com ele. Nestes dias de novos ricos, é revigorante encontrar um caso em que o descendente de uma antiga família do condado, que recaiu sobre dias malignos, seja capaz de fazer sua própria fortuna e trazê-la de volta com ele para restaurar a grandeza perdida da sua linhagem. Sir Charles, como é sabido, ganhou grandes somas de dinheiro em especulações sul-africanas. Mais sábio do que aqueles que prosseguem até que a roda gire contra eles, ele se deu conta de seus ganhos e retornou para a Inglaterra trazendo-os consigo. Faz apenas dois anos que assumiu a sua residência em Baskerville Hall, e é um assunto comum quão grandes eram os planos de reconstrução e melhorias, que acabaram interrompidos por sua morte. Como ele mesmo não tinha filhos, era seu desejo abertamente expresso que

todo o interior deveria, enquanto ele vivesse, se beneficiar de sua boa sorte, e muitos vão ter motivos pessoais para lamentar sua morte prematura. Suas generosas doações para a caridade local e do condado foram frequentemente narradas nestas colunas.

Não se pode dizer que as circunstâncias relacionadas à morte de sir Charles tenham sido inteiramente esclarecidas pelo inquérito; mas, pelo menos, o suficiente foi feito para descartar esses rumores a que a superstição local deu origem. Não há a menor razão para suspeitar de crime ou imaginar que a morte possa ter qualquer outra motivação que não causas naturais. Sir Charles era viúvo e um homem de quem se poderia dizer que, em certo aspecto, tinha hábitos excêntricos. Apesar de sua considerável riqueza, era simples em seus gostos pessoais, e seus criados domésticos em Baskerville Hall consistiam de um casal chamado Barrymore: o marido trabalhando como mordomo e a esposa como governanta. Seus depoimentos, corroborados pelos de seus vários amigos, tendem a mostrar que a saúde de sir Charles durante algum tempo não esteve boa, e aponta especialmente para algum problema do coração, manifestando-se em alterações da cor, falta de ar e ataques agudos de depressão nervosa. O dr. James Mortimer, o amigo e médico do falecido, deu declarações que corroboram as informações.

Os fatos do caso são simples. Sir Charles Baskerville, todas as noites antes de dormir, tinha o hábito de andar pelo famosa Alameda dos Teixos de Baskerville Hall. O testemunho dos Barrymore mostra que esse era um costume seu. No dia 4 de maio, sir Charles declarou intenção de partir no dia seguinte para Londres e solicitou a Barrymore que lhe preparasse a bagagem. Naquela noite, ele saiu como de costume para sua caminhada noturna, no decurso da qual tinha o hábito de fumar um charuto. Ele nunca retornou. À meia-noite, Barrymore, encontrando a porta do salão ainda aberta, alarmou-se e, acendendo um lampião, partiu em busca de seu senhor. O dia tinha sido úmido, e pegadas de sir Charles foram facilmente rastreadas até a Alameda. No meio da caminhada até lá, há um portão que leva para a charneca. Havia indícios de que sir Charles estivera ali por um breve tempo. Depois ele procedeu pela Alameda, e foi no final desse beco que o corpo dele foi encontrado. Um fato não explicado é a declaração de Barrymore de que as pegadas do seu mestre alteraram sua natureza desde o momento em que ele passara pelo portão da charneca e que, dali em diante, caminhara na ponta dos pés descalços. Um tal de Murphy, um cigano comerciante de cavalos, estava na charneca a uma distância não muito grande nessa hora, mas parece, devido à sua confissão, que ele estava acometido pela bebida. Ele declara que ouviu gritos, mas é incapaz de afirmar de que direção vieram. Nenhum sinal de violência foi descoberto sobre a pessoa de sir Charles e, embora as declarações do médico apontassem para uma distorção facial quase inacreditável – tão grande que o dr. Mortimer se recusou a acreditar, de início, que de fato era seu amigo e paciente que estava diante dele –, explicou-se que não era um sintoma incomum em casos de dispneia e morte por exaustão cardíaca. Essa explicação foi corroborada pela necropsia, que mostrou uma doença orgânica de longa data, e o júri do legista retornou com um veredicto em conformidade com a declaração médica. É bom que assim seja, pois obviamente é de extrema importância que o herdeiro de sir Charles assuma Baskerville Hall e continue o bom trabalho que acabou interrompido tão tristemente. Se a prosaica descoberta do legista não tivesse posto fim às histórias românticas que devem ter sido sussurradas em conexão com o caso, teria sido difícil encontrar um inquilino para Baskerville Hall. Entende-se que o parente mais próximo é o sr. Henry Baskerville, se ainda estiver vivo, o filho do irmão mais novo de sir Charles Baskerville. Da última vez que se teve notícia do jovem, ele estava na América, e investigações estão sendo feitas a fim de informá-lo de sua boa sorte."

O dr. Mortimer dobrou mais uma vez seu jornal e o devolveu ao bolso.

– Esses são os fatos públicos, sr. Holmes, em conexão com a morte de *sir* Charles Baskerville.

– Devo agradecê-lo – disse Sherlock Holmes – por chamar minha atenção para um caso que certamente apresenta algumas características de interesse. Na época, eu vira comentários em algum jornal, mas estava excessivamente preocupado com aquele caso dos camafeus do Vaticano e, na minha ansiedade de agradar o Papa, deixei passar diversos casos ingleses interessantes. Este artigo, o senhor diz, contém todos os fatos públicos?

– Sim, contém.

– Então, deixe-me saber dos fatos particulares. – Sherlock Holmes inclinou-se para trás, uniu as pontas dos dedos e assumiu sua expressão mais impassível e judiciosa.

– Ao fazê-lo – assegurou o dr. Mortimer, que tinha começado a mostrar sinais de alguma emoção forte –, estarei dizendo o que não confidenciei a ninguém. Meu motivo para ocultar esses dados do inquérito do legista é que um homem da ciência é avesso a se colocar na posição pública de endossar uma superstição popular. Eu tinha o motivo adicional de que Baskerville Hall, como diz o jornal, porventura ficaria desocupada se alguma coisa fosse feita para aumentar sua reputação já bastante desagradável. Por ambas as razões, julguei que tinha justificativas para contar um pouco menos do que sabia, já que nenhum bem prático poderia resultar disso, mas com os senhores não vejo razão por que eu não deva ser franco.

"A charneca é escassamente habitada, e aqueles que vivem perto uns dos outros são muito apegados. Por esta razão, eu via bastante *sir* Charles Baskerville. Com exceção de sr. Frankland, de Lafter Hall, e do sr. Stapleton, o naturalista, não há outros homens educados em um raio de muitos quilômetros. *Sir* Charles era um homem muito introvertido, mas o acaso de sua doença nos uniu, e uma comunhão de interesses em ciência alimentou nossa amizade. Ele havia trazido muitas informações científicas da África do Sul, e nós passamos juntos muitas noites agradáveis discutindo a anatomia comparativa dos bosquímanos e dos hotentotes."

"Nos últimos meses, tornou-se cada vez mais claro para mim que o sistema nervoso de *sir* Charles estava a ponto de um colapso. Ele havia tomado essa lenda que eu li para os senhores excessivamente a sério; tanto que, embora caminhasse por sua propriedade, nada poderia induzi-lo a sair para a charneca à noite. Por incrível que possa lhe parecer, sr. Holmes, ele estava convencido em seu íntimo de que um destino terrível recaíra sobre sua família e certamente que os registros que ele poderia oferecer de seus antepassados não eram encorajadores. A ideia de uma presença medonha o assombrava constantemente, e em mais de uma ocasião ele me perguntou se, em minhas jornadas médicas noturnas, eu já tinha visto qualquer criatura estranha ou ouvido o latido de um cão. Essa última pergunta ele me fez várias vezes e sempre com uma voz que vibrava de excitação."

"Eu bem me lembro de me dirigir até sua casa, à noite, cerca de três semanas antes do evento fatal. Ele por acaso estava na porta da mansão. Eu tinha descido do meu cabriolé e estava parado diante dele, quando vi seus olhos se fixarem acima do meu ombro e fitarem além de mim com uma expressão do mais terrível horror. Dei meia-volta às pressas e tive apenas tempo suficiente para vislumbrar alguma coisa que presumi ser um grande e preto bezerro passando pela frente do caminho que levava à porta de entrada. Tão alterado e alarmado ele estava que fui então compelido a ir ao local onde o animal estivera e a procurar por ele. Havia desaparecido, no entanto, e o incidente pareceu causar a pior das impressões em *sir* Charles. Fiquei com ele a noite toda, e foi nessa ocasião, para explicar a emoção que ele tinha mostrado, que ele confiou aos meus cuidados essa narrativa que li para os senhores assim que cheguei. Menciono esse pequeno episódio porque ele assume alguma importância, tendo em conta a tragédia que se seguiu, mas eu estava convencido na época de que o assunto era totalmente trivial e que a exaltação de *sir* Charles não tinha nenhuma justificação."

"Foi por conselho meu que *sir* Charles planejou partir para Londres. Seu coração estava, eu sabia, comprometido, e a ansiedade constante na qual ele vivia, por mais quimérica que pudesse ser a causa, estava evidentemente causando um efeito grave em sua saúde. Pensei que alguns meses entre as distrações da cidade o fariam retornar como um homem novo. O sr. Stapleton, um amigo em comum que estava muito preocupado com o estado de saúde dele, tinha a mesma opinião. No último instante, ocorreu essa terrível catástrofe."

"Na noite da morte de *sir* Charles, Barrymore, o mordomo que encontrou o corpo, enviou Perkins, o cavalariço, a cavalo até mim, e, como eu estava acordado tarde da noite, pude chegar a Baskerville Hall uma hora depois do ocorrido. Verifiquei e confirmei todos os fatos mencionados no inquérito. Segui seus passos pela Alameda dos Teixos, vi o lugar do portão que dava para a charneca, onde ele deve ter esperado, notei a mudança no formato das pegadas a partir daquele ponto, notei que não havia mais pegadas, salvo as de Barrymore, sobre o cascalho fino e, por fim, examinei cuidadosamente o corpo, que não tinha sido tocado até a minha chegada. *Sir* Charles estava deitado de barriga para baixo, rosto no chão, braços abertos, dedos mergulhados no solo e suas feições convolutas com alguma emoção forte a ponto de que eu quase não pudesse afirmar sua identidade. Certamente, não havia ferimento físico de qualquer tipo. No entanto, uma declaração falsa foi feita por Barrymore no inquérito. Ele disse que não havia nenhum vestígio na terra ao redor do corpo. Ele não observou nenhuma; mas eu, sim – a uma pequena distância, ainda que fresca e clara."

– Pegadas?

– Pegadas.

– De homem ou de mulher?

O dr. Mortimer estranhamente nos olhou por um instante, e sua voz afundou a quase um sussurro quando ele respondeu:

– Sr. Holmes, as pegadas eram de um cão gigantesco!

Capítulo 3

• O PROBLEMA •

Confesso que, diante dessas palavras, um tremor me percorreu. Havia um estremecimento na voz do médico, que demonstrava que ele mesmo estava profundamente comovido pelo que nos estava dizendo. Holmes inclinou-se para a frente em sua excitação, e seus olhos tinham o brilho duro e seco que emanava dele quando estava muito interessado.

– O senhor as viu?
– Tão claramente como vejo o senhor.
– E não disse nada?
– De que adiantaria?
– Como foi que ninguém mais viu?
– As marcas estavam a uns vinte metros do corpo, e ninguém nem lhes fez caso. Suponho que eu também não teria feito, se não conhecesse a lenda.
– Há muitos cães pastores na charneca?
– Sem dúvida, mas não se tratava de nenhum cão pastor.
– Disse que era grande?
– Enorme.
– Mas não tinha se aproximado do corpo?
– Não.

– Que tipo de noite era?
– Úmida e fria.
– Mas não estava chovendo?
– Não.
– Como é a Alameda?
– Existem duas fileiras de uma velha sebe de teixos, três metros e meio de altura e impenetrável. A passagem no centro tem aproximadamente dois metros e meio de largura.
– Existe alguma coisa entre as sebes e a passagem?
– Sim, há uma faixa de grama, cerca de dois metros de largura de cada lado.
– Entendo que a sebe de teixos é atravessada em certo ponto por um portão, correto?
– Sim, a portinhola que desemboca na charneca.
– Há alguma outra abertura?
– Nenhuma.
– Então, para alcançar a Alameda dos Teixos, é preciso descer por esse caminho desde a casa ou senão entrar pelo portão da charneca?
– Há uma saída por um caramanchão na extremidade do caminho.
– *Sir* Charles o tinha alcançado?
– Não; estava caído a cerca de cinquenta metros dele.
– Agora, diga-me, dr. Mortimer, e isso é importante, as marcas que o senhor viu estavam no caminho e não na grama?
– Nenhuma marca era visível na grama.
– Eles estavam do mesmo lado do caminho em relação ao portão da charneca?
– Sim; estavam à beira do caminho, do *mesmo lado* que o portão da charneca.

– O senhor me interessa sobremaneira. Outro ponto. A portinhola estava fechada?

– Fechada a cadeado.

– A que altura?

– Pouco mais de um metro.

– Então qualquer um poderia passar por cima?

– Sim.

– E que marcas viu perto da portinhola?

– Nenhuma em particular.

– Pelos céus! Ninguém examinou?

– Sim, eu mesmo examinei.

– E não encontrou nada?

– Foi tudo muito confuso. *Sir* Charles evidentemente ficara ali por cinco ou dez minutos.

– Como sabe disso?

– Porque a cinza caíra duas vezes do charuto dele.

– Excelente! Este é um colega dos nossos, Watson, do jeito que poderíamos desejar. Mas e as marcas?

– Ele tinha deixado suas próprias marcas em todo esse pequeno trecho de cascalho. Não discerni nenhuma outra.

Sherlock Holmes bateu a mão contra o joelho com um gesto impaciente.

– Se ao menos eu estivesse lá! – ele exclamou. – Evidentemente é um caso de extraordinário interesse e que apresentou inúmeras oportunidades para o especialista científico. Aquela página de cascalho sobre a qual eu poderia ter lido tanto foi há muito borrada pela chuva e desfigurada pelos tamancos de camponeses curiosos. Ah, dr. Mortimer, dr. Mortimer, pensar que o senhor não teria me chamado! De fato, tem muito o que responder.

— Eu não poderia tê-lo chamado ao caso, sr. Holmes, sem divulgar esses fatos ao mundo, e já dei minhas razões para não desejar fazê-lo. Além do mais, além do mais...

— Por que hesita?

— Existe um reino no qual os detetives mais argutos e mais experientes são indefesos.

— Quer dizer que a coisa é sobrenatural?

— Com toda certeza eu não disse isso.

— Não, mas evidentemente pensa.

— Desde a tragédia, sr. Holmes, chegaram aos meus ouvidos vários incidentes que são difíceis de conciliar com a ordem natural da natureza.

— Por exemplo?

— Descobri que, antes de o terrível evento ocorrer, várias pessoas tinham visto uma criatura na charneca que corresponde a esse demônio de Baskerville, e que não haveria possibilidade de ser nenhum animal conhecido pela ciência. Todos eles concordaram que era uma criatura enorme, luminosa, medonha e espectral. Fiz um exame cruzado desses homens, um deles que era um interiorano de cabeça-dura, um que era um ferrador e o outro, um lavrador de charnecas, e todos contam a mesma história dessa terrível aparição, que corresponde exatamente ao cão infernal da lenda. Garanto que o terror reina na região, e que agora só os homens resistentes cruzam a charneca à noite.

— E o senhor, um homem treinado da ciência, acredita que seja sobrenatural?

— Não sei em que acreditar.

Holmes encolheu os ombros.

— Até o momento, confinei minhas investigações a este mundo – disse ele. – De forma modesta eu combati o mal, mas enfrentar o próprio Pai do Mal, talvez, seria uma tarefa demasiado ambiciosa. No entanto, deve admitir que a pegada é uma prova material.

— O cão original tinha materialidade suficiente para arrancar a garganta de um homem, mas também era diabólico.

— Vejo que o senhor integrou o grupo dos sobrenaturalistas. Pois bem, dr. Mortimer, diga-me uma coisa. Se sustenta essas visões, por que veio fazer uma consulta comigo? O senhor ora me diz que é inútil investigar a morte de *sir* Charles, ora que deseja que eu o faça.

— Eu não lhe disse que desejava que o fizesse.

— Então, como posso ajudá-lo?

— Aconselhando-me sobre o que devo fazer com *sir* Henry Baskerville, que chega à estação de Waterloo... — O dr. Mortimer olhou em seu relógio. — Em exatamente uma hora e quinze minutos.

— O atual herdeiro?

— Sim. Na ocasião da morte de *sir* Charles, fomos atrás de saber quem era esse jovem cavalheiro e descobrimos que ele praticava agricultura no Canadá. Dos relatos que chegaram até nós, ele é um sujeito excelente em todos os aspectos. Não falo como médico, mas como um administrador e executor do testamento de *sir* Charles.

— Não há nenhum outro pretendente, eu presumo?

— Nenhum. O outro parente que conseguimos rastrear foi Rodger Baskerville, o mais novo dos três irmãos dentre os quais o pobre *sir* Charles era o mais velho. O segundo irmão, que morreu jovem, é o pai deste rapaz, Henry. O terceiro, Rodger, era a ovelha negra da família. Ele veio da velha estirpe imperiosa dos Baskerville e era idêntico, me dizem, à pintura do velho Hugo, que está na família. A Inglaterra se tornou um lugar

• O PROBLEMA •

perigoso para ele, de modo que fugiu para a América Central e lá morreu em 1876, de febre amarela. Henry é o último dos Baskerville. Em uma hora e cinco minutos eu o encontrarei na estação de Waterloo. Recebi um telegrama dizendo que ele chegaria de Southampton esta manhã. Pois bem, sr. Holmes, o que me aconselharia a fazer com ele?

– Por que não levá-lo para a casa de sua família?

– Parece natural, não é? E, ainda assim, considere que todos os Baskerville que para lá vão encontram um destino terrível. Tenho a certeza de que se *sir* Charles pudesse ter falado comigo antes de morrer, teria me alertado contra isso, contra trazer o último da antiga estirpe e o herdeiro de grande riqueza para aquele lugar mortal. E, ainda assim, não se pode negar que a prosperidade de todo o pobre e obscuro interior depende da presença dele. Todo o bom trabalho feito por *sir* Charles cairá por terra se não houver inquilino em Baskerville Hall. Eu temo ter sido influenciado demais pelo meu próprio interesse no assunto, e é por isso que eu lhe trago o caso e peço conselho.

Sherlock Holmes demorou-se um instante considerando o que fora dito.

– Trocando em miúdos, a questão é a seguinte – iniciou Holmes. – Na sua opinião, há uma força diabólica que faz de Dartmoor uma morada insegura para um Baskerville. Esta é a sua opinião?

– Pelo menos eu poderia me estender dizendo que há algumas provas de que pode ser esse o caso.

– Exatamente. No entanto, é certo que, se sua teoria sobrenatural estiver correta, o mal poderia acometer o tal jovem em Londres tão facilmente como em Devonshire. Um demônio com poderes meramente locais como uma sacristia paroquial seria também algo inconcebível.

– O senhor coloca a questão de forma mais irreverente, sr. Holmes, do que provavelmente colocaria se tivesse contato pessoal com essas coisas. Seu conselho, portanto, como eu o entendo, é que o jovem estará tão seguro em Devonshire, como em Londres. Ele chega em cinquenta minutos. Qual é sua recomendação?

– Eu recomendo, senhor, que pegue um carro de aluguel, leve embora seu *spaniel*, que está arranhando minha porta da frente, e prossiga a Waterloo para se encontrar com *sir* Henry Baskerville.

– E depois?

– E depois não diga absolutamente nada a ele até que eu tome minha decisão sobre esse assunto.

– Quanto tempo levará para tomar sua decisão?

– Vinte e quatro horas. Às dez horas, amanhã, dr. Mortimer, eu ficaria muito agradecido se pudesse me fazer uma visita aqui, e será de grande ajuda aos meus planos futuros se o senhor trouxer junto *sir* Henry Baskerville.

– Eu o farei, sr. Holmes. – Ele rabiscou o compromisso no punho da camisa e saiu às pressas, de sua forma estranha, perscrutando distraidamente. Holmes o deteve no topo da escada.

– Só mais uma pergunta, dr. Mortimer. O senhor diz que, antes da morte de *sir* Charles Baskerville, várias pessoas viram essa aparição na charneca?

– Três pessoas a viram.

– Nenhuma viu depois?

– Não ouvi falar de nada assim.

– Obrigado. Bom dia.

Holmes voltou para seu lugar com aquele olhar calmo de satisfação interior, que significava que ele estava se defrontando com uma tarefa agradável.

– Vai sair, Watson?

– A menos que eu possa ajudá-lo.

– Não, meu caro, é na hora da ação que recorro a você em busca de ajuda. Mas isso é esplêndido, muito original sob alguns pontos de vista. Quando passar na Bradley's, poderia pedir a ele que me envie meio quilo do tabaco mais forte em corte fino? Obrigado. Também seria bom se você pudesse me fazer a gentileza de não voltar antes do anoitecer. Então eu estarei muito feliz em comparar impressões sobre esse problema muito interessante que nos foi apresentado esta manhã.

Eu sabia que isolamento e solidão eram muito necessários para meu amigo nessas horas de intensa concentração mental durante as quais ele pesava cada partícula de evidência, construía teorias alternativas, pesava uma contra a outra e tomava uma decisão sobre quais pontos eram essenciais e quais eram irrelevantes. Eu, portanto, passei o dia no meu clube e não retornei a Baker Street até de noite. Eram quase nove horas quando me encontrei na sala de estar mais uma vez.

Minha primeira impressão quando abri a porta foi que um incêndio tinha se iniciado ali, pois a sala estava tão cheia de fumaça que a luz do lampião sobre a mesa estava obscurecida sob a nebulosidade. Quando entrei, no entanto, meus medos se fixaram no resto, pois foi o cheiro acre de tabaco denso e forte que me pegou pela garganta e me provocou tosse. Através da fumaça, tive uma visão vaga de Holmes em seu roupão, aconchegado sobre uma poltrona com seu cachimbo preto de barro entre os lábios. Vários rolos de papel o rodeavam.

– Apanhou um resfriado, Watson? – disse ele.

– Não, é esta atmosfera venenosa.

– Acredito que esteja bem denso, agora que você mencionou.

– Denso! É intolerável.

– Então abra a janela! Você passou o dia todo no seu clube, eu percebo.

– Meu caro Holmes!

– Estou certo?

– Claro, mas como?

Ele riu da minha expressão desnorteada.

– Há um frescor delicioso em você, Watson, o que torna um prazer exercer, à sua custa, quaisquer pequenos poderes que eu tenha. Um cavalheiro sai em um dia chuvoso e enlameado. Ele retorna imaculado à noite, ainda conservando o brilho sobre o chapéu e as botas. Portanto, ficou confinado o dia todo. Ele não é um homem que tenha amigos íntimos. Onde, então, ele poderia ter ficado? Não é óbvio?

– Bem, é bastante óbvio.

– O mundo está cheio de coisas óbvias que ninguém, de forma alguma, observa. Onde você acha que eu estive?

– Também ficou confinado.

– Pelo contrário, estive em Devonshire.

– Em espírito?

– Exatamente. Meu corpo permaneceu nesta poltrona e, eu lamento observar, consumiu, na minha ausência, dois grandes bules de café e uma incrível quantidade de tabaco. Depois que você partiu, mandei buscar no Stamford's o mapa Ordnance daquela porção da charneca, e meu espírito pairou sobre ela o dia todo. Orgulho-me de ter conseguido me localizar por lá.

– Um mapa em grande escala, eu presumo?

• O PROBLEMA •

— Muito grande. — Ele desenrolou uma seção e a segurou sobre o joelho. — Aqui você tem o distrito específico que nos preocupa. Aqui está Baskerville Hall, no meio.

— Envolto por um bosque?

— Exatamente. Imagino que a Alameda dos Teixos, embora não marcada sob esse nome, deva se estender ao longo desta linha, com a charneca, como você percebe, do lado direito. Este pequeno aglomerado de edifícios aqui é a aldeia de Grimpen, onde o nosso amigo dr. Mortimer tem seu quartel-general. Num raio de oito quilômetros existem, como você vê, apenas algumas poucas habitações espaçadas. Aqui está Lafter Hall, que foi mencionado na narrativa. Há uma casa indicada aqui que pode ser a residência do naturalista; Stapleton, se me lembro bem, era o nome dele. Aqui estão duas casas de fazenda da charneca, High Tor e Foulmire. Depois, a vinte e dois quilômetros de distância, a grande prisão de condenados de Princetown. Entre e em torno desses pontos dispersos se estende a charneca desolada e sem vida. Este, então, é o palco sobre o qual a tragédia foi encenada, e sobre o qual nós podemos ajudar a que seja encenada novamente.

— Deve ser um lugar selvagem.

— Sim, a locação é digna disso. Se o diabo realmente desejou colocar a mão nos assuntos dos homens...

— Então você mesmo está pendendo para a explicação sobrenatural.

— Os agentes do diabo podem ser de carne e osso, não podem? Há duas perguntas esperando por nós desde o início. Uma é se um crime foi cometido ou não; a segunda é, qual é o crime e como ele foi cometido? Claro, se a suspeita do dr. Mortimer for correta e estivermos lidando com forças exteriores às das leis ordinárias da natureza, haverá um fim em nossa investigação. Mas somos obrigados a esgotar todas as outras hipóteses antes de nos debruçarmos sobre essa. Acho que vou fechar essa janela novamente, se não se importa. É uma coisa singular, mas acho que uma atmosfera densa ajuda a concentração do pensamento. Não cheguei a ponto de entrar em uma caixa para pensar, mas esse é o desfecho lógico das minhas convicções. Você refletiu sobre o caso na sua mente?

– Sim, considerei uma boa parte dele durante o dia.

– A que conclusão chegou?

– É muito desconcertante.

– Certamente tem um caráter particular. Há pontos de distinção na matéria. Aquela mudança nas pegadas, por exemplo. O que acha sobre isso?

– Mortimer disse que o homem tinha andado na ponta dos pés quando desceu naquela porção da Alameda dos Teixos.

– Ele apenas repetiu o que algum tolo disse no inquérito. Por que um homem caminharia na ponta dos pés por esse caminho?

– E depois?

– Ele estava correndo, Watson, correndo desesperadamente, correndo por sua vida, correndo até estourar o coração e cair morto de cara no chão.

– Fugindo de quê?

– Aí está nosso problema. Há indícios de que o homem estava louco de medo antes mesmo de começar a correr.

– Como pode dizer isso?

– Eu estou presumindo que ele deu com a causa de seus medos quando cruzava a charneca. Se assim fosse, e parece mais provável, apenas um homem que tenha perdido o juízo fugiria de casa em vez de seguir para ela. Se o testemunho do cigano pode ser tomado como verdadeiro, ele correu gritando por ajuda na direção onde era menos provável que a ajuda estaria. Embora, pensando bem, por quem ele estava esperando naquela noite, e por que esperava na Alameda dos Teixos, em vez de em sua própria casa?

– Acha que ele estava esperando por alguém?

– O homem era idoso e enfermo. Podemos compreender que ele saía para dar um passeio noturno, mas o terreno estava úmido e a noite era inclemente. É natural que ficasse parado durante cinco ou dez minutos, como o dr. Mortimer, com senso mais prático do que eu imaginei que teria, deduziu a partir das cinzas do charuto?

– Mas ele saía todas as noites.

– Acho improvável que ele esperasse no portão da charneca todas as noites. Pelo contrário, a prova é que ele evitava a charneca. Naquela noite ele esperou lá. Foi na noite anterior a que ele partiria para Londres. A coisa toma forma, Watson. Torna-se coerente. Posso pedir que me passe meu violino e que nós posterguemos as reflexões adicionais sobre esse assunto até termos a vantagem de haver-nos encontrado com o dr. Mortimer e com *sir* Henry Baskerville pela manhã?

Capítulo 4

• *Sir* Henry Baskerville •

Nossa mesa de desjejum foi limpa antes do usual, e Holmes esperava em seu roupão pela entrevista prometida. Nossos clientes foram pontuais no compromisso, pois o relógio tinha acabado de bater às dez horas quando o dr. Mortimer foi conduzido ao nosso andar, seguido pelo jovem baronete. Este último era um homem pequeno, alerta, de olhos escuros, cerca de trinta anos de idade, de porte muito robusto, com sobrancelhas grossas pretas e um rosto forte e combativo. Ele vestia um terno de *tweed* de tom avermelhado e tinha a aparência de couro gasto de quem passou a maior parte do seu tempo ao ar livre; porém, ainda assim, havia algo em seus olhos firmes e na segurança silenciosa de sua postura que indicava um aristocrata.

– Este é *sir* Henry Baskerville – disse o dr. Mortimer.

– Ora, sim – disse ele –, e o estranho é que, sr. Sherlock Holmes, se meu amigo não tivesse proposto vir até o senhor esta manhã, eu teria vindo sozinho. Fui informado de que o senhor desvenda pequenos enigmas, e eu recebi um enigma esta manhã, que necessita de mais reflexão do que sou capaz de prover.

– Sente-se, por gentileza, *sir* Henry. Compreendi bem que o senhor afirma haver tido alguma experiência notável desde chegou a Londres?

– Nada de muito importante, sr. Holmes. Apenas uma brincadeira, provavelmente. Foi esta carta, se é possível chamar de carta, que me chegou esta manhã.

Ele colocou um envelope em cima da mesa, e todos nos curvamos sobre ele. Era de qualidade comum, acinzentado na cor. O endereço, "*Sir* Henry Baskerville, Northumberland Hotel", estava impresso em caracteres rústicos; o carimbo do correio, "Charing Cross", e a data de postagem eram da noite anterior.

– Quem sabia que o senhor estava indo para o Northumberland Hotel? – perguntou Holmes, olhando profundamente de soslaio para nosso visitante.

– Ninguém poderia saber. Só decidimos depois que me encontrei com o dr. Mortimer.

– Mas o dr. Mortimer sem dúvida já pretendia parar lá?

– Não, eu estava hospedado com um amigo – disse o médico. – Não havia nenhuma indicação possível de que pretendíamos ir para esse hotel.

– Hum! Alguém parece estar profundamente interessado nos seus movimentos. – Do envelope, ele tirou uma meia folha de papel almaço, dobrada em quatro. Abriu esta e estendeu sobre a mesa. Do outro lado, no meio, uma única frase tinha sido formada pelo expediente da colagem de palavras impressas. Dizia:

> Se você dá valor à sua vida ou à sua razão, ficará fora da *Charneca.*

Apenas a palavra "charneca" estava impressa em tinta.

– Agora – disse *sir* Henry Baskerville –, talvez possa me dizer, sr. Holmes, que raios é o significado disso, e quem é que tem tanto interesse nos meus assuntos?

– A que conclusão chegou, dr. Mortimer? Deve acreditar que não há nada de sobrenatural a respeito disso, de jeito nenhum?

– Não, senhor, mas pode muito bem vir de alguém convencido de que o caso é sobrenatural.

– Que caso? – perguntou *sir* Henry, bruscamente. – Parece-me que todos os senhores sabem muito mais do que eu sobre meus assuntos.

– O senhor tomará ciência do nosso conhecimento antes de sair desta casa, *sir* Henry. Eu lhe garanto – elucidou Sherlock Holmes. – Por enquanto, iremos nos concentrar, com a sua permissão, neste documento muito interessante aqui, que deve ter sido composto e postado ontem à noite. Está com o *Times* de ontem, Watson?

– Está aqui no canto.

– Posso lhe pedir que o pegue? No verso da primeira página, por favor, junto com os artigos principais? – Ele passou a página em revista rapidamente, correndo os olhos para cima e para baixo pelas colunas. – Artigo capital, este sobre o livre comércio. Permitam que lhes leia um excerto.

> "Você pode ser persuadido a imaginar que sua profissão em especial ou sua indústria vá se beneficiar por uma tarifa protecionista, mas há razão para acreditar que, com essa legislação, a longo prazo, a riqueza ficará fora do país, o valor dos seus importados diminuirá, e as condições gerais da vida nesta ilha reduzirá."

— O que acha disso, Watson? — exclamou Holmes em êxtase, esfregando as mãos uma na outra com satisfação.

— Não acha que é uma opinião admirável?

O dr. Mortimer olhou para Holmes com um ar de interesse profissional, e *sir* Henry Baskerville virou um par de olhos escuros confuso sobre mim.

— Eu não sei muito sobre tarifas e coisas desse tipo — revelou o garoto —, mas parece-me que saímos um pouco do rastro no que diz respeito a essa carta.

— Pelo contrário, acho que estamos particularmente seguindo o rastro, *sir* Henry. Watson aqui conhece melhor os meus métodos, mas receio que nem mesmo ele tenha compreendido por completo o significado desta frase.

— Não, confesso que não vejo nenhuma conexão.

— E ainda assim, meu caro Wàtson, existe uma conexão tão próxima, que um foi extraído do outro. "Você", "sua", "sua", "vida", "razão", "valor", "ficará fora", "da". Não vê agora de onde essas palavras foram retiradas?

— Com mil trovões, o senhor está certo! Ora, se isso não é ser inteligente! — exclamou *sir* Henry.

— Se permanecer qualquer possível dúvida, ela será sanada pelo fato de que "ficará fora" foi cortado de um fragmento só.

— Bem, pois bem, foi mesmo!

— De verdade, sr. Holmes, isso excede qualquer coisa que eu pudesse ter imaginado — disse o dr. Mortimer, olhando fixamente e com espanto para meu amigo. — Eu poderia entender qualquer um que dissesse que as palavras vinham de um jornal; mas o senhor chega ao ponto de dizer de qual jornal e acrescentar que vêm de um artigo principal. É realmente uma das coisas mais notáveis que eu já vi. Como fez isso?

– Eu presumo, doutor, que o senhor poderia diferenciar o crânio de um negro do crânio de um esquimó?

– Sim, certamente.

– Mas como?

– Porque é meu passatempo especial. As diferenças são óbvias. A arcada supraorbital, o ângulo facial, a curva do maxilar, o...

– E este é o meu passatempo especial, e as diferenças são igualmente óbvias. Há tanta diferença aos meus olhos entre os tipos burgueses de chumbo de um artigo do *Times* e a impressão desleixada de um jornal barato vespertino, quanto entre seu negro e seu esquimó. A detecção dos tipos é um dos ramos mais elementares de conhecimento ao perito criminal especialista, embora eu confesse que uma vez, quando eu era muito jovem, confundi o *Leeds Mercury* com o *Western Morning News*. Mas um editorial carro-chefe é inteiramente distinto, e essas palavras não poderiam ter sido recortadas de nenhum outro. Como isso foi feito ontem, a forte probabilidade era de que nós devêssemos encontrar as palavras na edição de ontem.

– Então, até onde eu consigo acompanhar, sr. Holmes – disse *sir* Henry Baskerville –, alguém cortou esta mensagem com uma tesoura...

– Tesoura de unha – esclareceu Holmes. – Pode ver que era uma tesoura de lâminas muito curtas, uma vez que a pessoa teve que dar dois talhos para cortar "ficará fora".

– Sim, é verdade. Alguém, então, cortou a mensagem com uma tesoura de lâminas curtas, colou com cola...

– Goma – acrescentou Holmes.

– Com goma no papel. Mas eu quero saber por que a palavra "charneca" teria de ser escrita à mão?

– Porque ele não conseguiu encontrar impressa. As outras palavras eram muito simples e poderiam ser encontradas em qualquer edição, mas "charneca" seria menos comum.

– Ora, é claro, essa seria a explicação. Leu mais alguma coisa nesta mensagem, sr. Holmes?

– Há uma ou duas indicações, e, ainda assim, foram tomadas as mais extremas dores para remover todas as pistas. O endereço, observe, foi impresso em caracteres grosseiros. Mas o *Times* é um jornal que raramente vai ser encontrado em mãos que não sejam daqueles mais eruditos. Podemos afirmar, portanto, que a carta foi composta por um homem estudado que desejou se mostrar como um ignorante, e seu esforço para esconder a própria caligrafia sugere que, com sua letra, ele pode ser conhecido, ou vir a ser reconhecido, pelo senhor. Novamente, irá observar que as palavras não foram coladas em uma linha exata, mas que algumas estão muito mais elevadas do que outras. "Vida", por exemplo, está completamente fora de seu devido lugar. O que pode apontar para descuido ou para agitação e pressa por parte da pessoa que cortou a mensagem. No geral, eu estou inclinado à essa segunda visão, já que a questão era evidentemente importante, e é improvável que o autor de tal carta seria descuidado. Se ele estava com pressa, abre-se uma pergunta interessante: por que ele estaria com pressa, já que qualquer carta postada até de manhã cedo chegaria a *sir* Henry antes de ele deixar o hotel? Será que o autor temia uma interrupção? E de quem?

– Agora estamos entrando no campo das conjecturas – disse o dr. Mortimer.

– Digamos, ao contrário, que estamos entrando no campo onde pesamos as possibilidades e escolhemos a mais provável.

É o uso científico da imaginação, mas temos sempre alguma base material na qual começar a nossa especulação. Pois bem, pode chamar de palpite, sem dúvida, mas tenho quase certeza de que este endereço foi escrito em um hotel.

– Como é que o senhor pode dizer isso?

– Se examiná-la com cuidado, você verá que tanto a caneta quanto a tinta deram trabalho ao autor. A caneta borrou duas vezes em uma única palavra e secou três vezes em um endereço curto, mostrando que havia muito pouca tinta no frasco. Agora, raramente se deixa que uma caneta ou um frasco de tinta particulares cheguem a tal estado, e a combinação dos dois deve ser bastante rara. Mas o senhor conhece as tintas de hotel e as canetas de hotel, onde é raro conseguir alguma coisa diferente. Sim, hesitei muito pouco em afirmar que poderíamos examinar os cestos de papel dos hotéis ao redor de Charing Cross até encontrarmos os restos do artigo mutilado do *Times* e então poderíamos colocar nossas mãos diretamente na pessoa que enviou esta mensagem singular. Ora, ora! O que é isso?

Cuidadosamente, ele estava examinando o almaço sobre o qual as palavras foram coladas, segurando-o apenas a alguns centímetros dos olhos.

– Bem?

– Nada – disse ele, jogando-o para baixo. – É uma meia--página em branco, sem nem sequer uma marca-d'água sobre ela. Acho que já extraímos o máximo que podíamos dessa curiosa carta; e, a propósito, *sir* Henry, aconteceu mais alguma coisa de interesse desde que o senhor chegou a Londres?

– Ora, não, sr. Holmes. Acho que não.

– Não notou ninguém o seguindo, ou vigiando o senhor?

– Parece que entramos em um romance barato – disse nosso visitante. – Por que raios alguém deveria me seguir ou me vigiar?

– Vamos chegar a isso. Não tem nada mais a nos relatar antes de que entremos nesse caso?

– Bem, depende do que o senhor acha que vale a pena relatar.

– Acho que qualquer coisa fora da rotina normal vale muito a pena relatar.

Sir Henry sorriu.

– Ainda não sei muito da vida britânica, pois passei quase todo o meu tempo nos Estados Unidos e no Canadá. Mas espero que o fato de perder uma das botas não seja parte da rotina comum por aqui.

– Perdeu uma das suas botas?

– Meu caro senhor – exclamou o dr. Mortimer –, só deve ter sido guardada no lugar errado. Vai encontrá-la quando retornar ao hotel. Qual é o sentido de perturbar o sr. Holmes com ninharias deste tipo?

– Bem, ele me perguntou por algo fora da habitual.

– Exatamente – disse Holmes –, por mais tolo que o incidente possa parecer. – O senhor perdeu uma das suas botas, foi isso?

– Bem, guardei no lugar errado, de qualquer maneira. Coloquei as duas na minha porta na noite passada, e havia apenas uma pela manhã. Não consegui extrair nada de razoável do rapaz que as limpa. O pior de tudo é que eu tinha acabado de comprar o par ontem à noite, na Strand, e nunca o havia calçado antes.

– Se o senhor nunca calçou as botas, por que a colocou para fora para serem limpas?

— Eram botas ocres e nunca tinham sido envernizadas. Foi por isso que eu as coloquei para fora.

— Então eu entendo que na sua chegada a Londres ontem, o senhor saiu uma vez e comprou um par de botas?

— Fiz muitas compras. O dr. Mortimer aqui foi comigo. Veja, se é para eu ser um aristocrata aqui, devo me vestir como tal, e pode ser que eu tenha me descuidado um pouco no ocidente. Entre outras coisas, comprei essas botas marrons, dei seis dólares por elas, e fui roubado antes que as tivesse nos meus pés.

— Parece uma coisa singularmente inútil de se roubar — afirmou Sherlock Holmes. — Confesso que eu partilho a opinião do dr. Mortimer: não passará muito tempo até que a bota desaparecida seja encontrada.

— E, pois bem, senhores — disse o baronete com decisão —, parece-me que já falei o suficiente sobre o pouco que sei. É a hora de os senhores manterem sua promessa e me fazerem um relato completo sobre o objetivo de tudo isso.

— Seu pedido é muito razoável — respondeu Holmes. — Dr. Mortimer, acho que o senhor não poderia fazer melhor do que contar sua história, da forma como nos contou.

Assim encorajado, nosso amigo científico tirou seus papéis do bolso e apresentou o caso como o tinha feito na manhã anterior. *Sir* Henry Baskerville ouvia com a mais profunda atenção e com uma ocasional exclamação de surpresa.

— Bem, parece que entrei em uma herança que vem com vingança — disse ele, quando a longa narrativa chegou ao fim. — Claro que já ouvi histórias do cão desde que usava fraldas. É a história do animal de estimação da família, embora eu nunca tenha pensado em levá-la a sério. Mas quanto à morte do meu tio; bem, tudo parece estar fervendo na minha mente e ainda não consigo encontrar clareza. O senhor não parece ainda ter se decidido se é um caso de polícia ou da igreja.

— Precisamente.

— E agora há esse assunto da carta endereçada a mim no hotel. Suponho que se encaixe em seu devido lugar.

— Parece mostrar que alguém sabe mais do que nós sobre o que se passa na charneca — disse o dr. Mortimer.

— E também — enfatizou Holmes — que alguém não nutre animosidades pelo senhor, já que lhe avisou sobre o perigo.

— Ou pode ser que desejassem, para suas próprias finalidades, assustar-me e me mandar para longe daqui.

— Bem, é claro, isso também é possível. Sou-lhe muito grato, dr. Mortimer, por me apresentar um problema que mostra várias alternativas interessantes. Mas o aspecto prático que agora temos que decidir, *sir* Henry, é se é ou não aconselhável que o senhor vá para Baskerville Hall.

— Por que eu não deveria ir?

— Parece haver perigo.

— Está querendo dizer perigo desse demônio da família... ou perigo de seres humanos?

— Bem, isso é o que temos de descobrir.

— Seja lá o que for, minha resposta é a mesma. Não existe diabo no inferno, sr. Holmes, e não há homem na terra que possa me impedir de ir para a casa da minha família, e o senhor pode tomar essa como minha resposta final. — Suas sobrancelhas escuras se uniram e seu rosto se inundou de um rubor escuro enquanto ele falava. Era evidente que o temperamento feroz dos Baskerville não estava extinto nesse seu último representante.

— Entretanto, mal tive tempo para pensar sobre tudo o que me disse. É algo grande demais para um homem entender e decidir em uma sentada só. Gostaria de ter uma hora tranquila sozinho para tomar uma decisão. Olhe aqui, sr. Holmes, agora são onze e meia e vou voltar neste instante para o meu hotel. Suponho que o senhor e seu amigo, o dr. Watson, devam vir almoçar conosco às catorze horas. Até lá vou ter capacidade de lhe dizer claramente o que acho disso tudo.

– É conveniente para você, Watson?

– Perfeitamente.

– Então pode esperar por nós. Devo chamar um carro de aluguel?

– Prefiro andar a pé, pois esse caso me deixou bastante atordoado.

– Vou acompanhá-lo na caminhada, com prazer – disse seu companheiro.

– Então, nos encontramos novamente às catorze horas. *Au revoir* e um bom-dia!

Ouvimos os passos de nossos visitantes descerem a escada, e o estrondo da porta da frente. Em um instante, Holmes tinha mudado do sonhador lânguido para o homem de ação.

– Seu chapéu e suas botas, Watson, rápido! Nem um minuto a perder! – Ele correu para o quarto vestido em seu roupão e estava de volta novamente em poucos segundos, já de sobretudo. Descemos juntos, às pressas, pela escada e saímos para a rua. O dr. Mortimer e Baskerville ainda eram visíveis a aproximadamente duzentos metros à nossa frente, indo em direção a Oxford Street.

– Devo correr e detê-los?

– Por nada no mundo, meu caro Watson. Estou perfeitamente satisfeito com a sua companhia, se você puder tolerar a minha. Nossos amigos são sábios, pois é, sem dúvida, uma manhã agradável para um passeio a pé.

Ele acelerou seu ritmo até nós termos diminuído pela metade a distância que nos dividia. Então, ainda nos mantendo cem metros para trás, seguimos em Oxford Street e depois descemos pela Regent Street. Certa vez, nossos amigos pararam para olhar a vitrine de uma loja, momento em que Holmes fez o mesmo. Um instante depois, ele deu um pequeno grito de satisfação, e, seguindo a direção de seus olhos ansiosos, vi um cabriolé com um homem no interior, que havia parado do outro lado da rua e que agora começava a andar lentamente.

– Ali está o nosso homem, Watson! Venha! Vamos dar uma boa olhada nele, se não pudermos fazer mais.

Naquele instante, eu tomei ciência de uma barba preta e de um par de olhos penetrantes direcionados a nós, através da janela lateral do carro de aluguel. Instantaneamente, a abertura no topo foi escancarada, algo foi gritado pelo motorista, e o cabriolé saiu voando loucamente pela Regent Street. Holmes procurou ansiosamente em volta por outro carro, mas não havia nenhum vazio à vista. Então ele disparou em uma louca perseguição entre o tráfego, mas a vantagem da arrancada fora grande demais e o cabriolé já estava fora de vista.

– Lá vai! – disse Holmes amargamente, ao emergir ofegante e branco de aborrecimento entre a maré de veículos. – Por acaso já existiu antes tamanho azar e tamanha falha de planejamento? Watson, Watson, se você é um homem honesto, irá gravar isto também e usar contra os meus sucessos!

– Quem era o homem?

– Eu não tenho ideia.

– Um espião?

– Bem, isso era evidente desde que ouvimos que Baskerville andou sendo perseguido de perto por alguém desde que chegou à cidade. De que outra forma a pessoa poderia ter ficado sabendo tão depressa que era o Northumberland Hotel que ele havia escolhido? Se o seguiram no primeiro dia, argumentei que seguiriam também no segundo. Você pode ter observado que eu andei duas vezes até a janela enquanto o dr. Mortimer fazia a leitura de sua lenda.

– Sim, eu me lembro.

– Eu estava procurando vadios na rua, mas não vi nenhum. Estamos lidando com um homem inteligente, Watson. Esse assunto é bem profundo e, embora eu não tenha tomado uma decisão final sobre se é um agente do bem ou do mal que está em contato conosco, tenho sempre consciência do poder e dos desejos. Quando nossos amigos se foram, eu os segui imediatamente na esperança de enquadrar seu visitante invisível. Tão astuto ele foi, que não confiou em estar a pé, mas já tinha se valido de um carro de aluguel para que pudesse esperar e sair em disparada, para escapar de ser visto por eles. O método teve a vantagem adicional de que se eles decidissem apanhar um coche, ele já estaria pronto para segui-los. Tem, no entanto, uma desvantagem óbvia.

– Isso o coloca no poder do cocheiro.

– Exatamente.

– Pena que não tenhamos pegado o número!

– Meu caro Watson, por mais desastrado que eu tenha sido, você certamente não acredita de verdade que fui negligente em não pegar o número, sim? Número 2.704 é o nosso homem, mas isso não serve para nós no momento.

– Não vejo como você poderia ter feito mais.

– Ao observar o carro de aluguel, eu deveria ter imediatamente dado meia-volta e caminhado na direção oposta. Eu deveria então ter pegado um segundo coche com calma, e seguido o primeiro a uma distância respeitosa ou, melhor ainda, dirigido-me para o Northumberland Hotel e esperado lá. Quando nosso desconhecido tivesse seguido Baskerville para casa, nós deveríamos ter tido a oportunidade de rebater o jogo sobre ele e visto para onde estava indo. Do jeito que está, por uma avidez indiscreta, da qual nosso adversário tirou vantagem com extraordinária rapidez e energia, nós nos traímos e perdemos nosso homem.

Vínhamos passeando devagar pela Regent Street durante essa conversa, e o dr. Mortimer, com seu companheiro, há muito tinha desaparecido na nossa frente.

– Não há serventia em os seguirmos – disse Holmes. – A sombra partiu e não vai voltar. Temos que ver quais outras cartas ainda temos na manga e jogá-las com decisão. Você poderia reconhecer o rosto do homem que estava dentro do coche?

– Só poderia reconhecer a barba.

– Assim como eu; e pelo que suponho, com toda probabilidade, tratava-se de uma barba falsa. Um homem inteligente com uma missão tão delicada não tem motivos para usar uma barba que não sejam ocultar suas feições. Venha aqui, Watson!

Ele entrou em uma das agências de mensageiros do distrito, onde foi calorosamente recebido pelo gerente.

– Ah, Wilson, vejo que não esqueceu aquele pequeno caso em que tive a boa sorte de ajudá-lo!

– Não, senhor, de fato eu não esqueci. O senhor salvou meu bom nome e talvez a minha vida.

– Meu caro, você exagera. Eu tenho algumas lembranças, Wilson, de que tem entre seus rapazes um chamado Cartwright, que mostrou certa habilidade durante a investigação.

– Sim, senhor, ele ainda está conosco.

– Pode chamá-lo? Obrigado! Eu ficaria contente de trocar esta nota de cinco libras.

Um garoto de catorze anos com um rosto inteligente e perspicaz havia atendido à convocação do gerente. Agora ele estava parado olhando com grande reverência para o famoso detetive.

– Deixe-me ver o Diretório dos Hotéis – disse sr. Holmes. – Obrigado. Pois bem, Cartwright, aqui estão os nomes de vinte e três hotéis, todos na vizinhança imediata de Charing Cross. Está vendo?

– Sim, senhor.

– Você vai visitá-los um por um.

– Sim, senhor.

– Vai começar cada visita dando ao porteiro externo um xelim. Aqui estão vinte e três xelins.

– Sim, senhor.

– Você dirá a ele que deseja ver o lixo de papéis de ontem. Vai dizer que um telegrama importante foi extraviado e que você está procurando por ele. Está entendendo?

– Sim, senhor.

– Mas o que você está realmente procurando é a página central do *Times*, com alguns furos cortados com tesoura. Aqui está uma cópia. É nesta página. Você poderia reconhecê-la facilmente, não?

– Sim, senhor.

– Em cada caso, o porteiro externo enviará você para o porteiro do saguão, a quem também você dará um xelim. Aqui estão vinte e três xelins. Então você ficará sabendo possivelmente que em vinte, dentro de vinte e três casos, os resíduos do dia anterior foram incinerados ou removidos. Nos outros três casos você será levado até uma pilha de papel e vai procurar por esta página do *Times*. As chances de você encontrá-la são bem pequenas. Existem dez xelins sobressalentes em caso de emergência. Mande-me um relatório por telégrafo em Baker Street antes do anoitecer. E agora, Watson, só nos resta descobrir por telégrafo a identidade do cocheiro n.º 2.704, e então vamos entrar em uma das galerias de quadros de Bond Street e passar o tempo até chegar a nossa hora marcada no hotel.

Capítulo 5

• Três fios partidos •

Sherlock Holmes tinha, em um grau notável, o poder de desconectar sua mente por meio da simples vontade. Durante duas horas, o negócio estranho em que envolvêramos pareceu ter sido esquecido, e ele estava inteiramente absorto nas pinturas dos mestres belgas modernos. Desde a nossa saída da galeria até que nos encontramos no Northumberland Hotel, ele não falou de nada além de arte, sobre a qual tinha as ideias mais grosseiras. – *Sir* Henry Baskerville está lá em cima à espera – disse o recepcionista. – Ele me pediu para levá-los assim que chegassem.

– Tem alguma objeção a eu dar uma olhada no seu registro de hóspedes? – objetou Holmes.

– De forma alguma.

O livro mostrava que dois nomes tinham sido acrescentados depois do de Baskerville. Um era Theophilus Johnson e família, de Newcastle; o outro, sra. Oldmore e criada, de High Lodge, Alton.

– Decerto deve ser o mesmo Johnson que eu conhecia – Holmes comentou com o porteiro. – Um advogado, não é? Grisalho, que anda coxeando?

– Não, senhor; este é o sr. Johnson, dono da mina de carvão, um cavalheiro muito ativo, não mais velho que o senhor.

– Certamente não está enganado sobre o ofício dele, está?

– Não, senhor! Ele usa este hotel há muitos anos, e é muito bem conhecido por nós.

– Ah, então assunto encerrado. A sra. Oldmore, também; eu me lembro do nome. Desculpe minha curiosidade, mas é que, muitas vezes, visitando um amigo, acabamos encontrando outro.

– Ela é uma senhora inválida, senhor. O marido dela já foi prefeito de Gloucester. Ela sempre vem quando está na cidade.

– Obrigado; receio não poder afirmar que a conheço. Nós confirmamos um fato muito importante com essas perguntas, Watson – ele continuou em voz baixa, enquanto subíamos juntos. – Nós sabemos agora que as pessoas que estão tão interessadas em nosso amigo não se hospedaram no mesmo hotel. Isso significa que, se por um lado estão, como já vimos, muito ansiosos para vigiá-lo, estão igualmente ansiosos para que ele não os veja. Agora, este é um fato muitíssimo sugestivo.

– O que ele sugere?

– Sugere... olá, meu caro amigo, que diabos aconteceu?

Assim que chegamos ao topo da escada... demos de cara com *sir* Henry Baskerville em pessoa. Seu rosto estava vermelho de raiva e ele segurava uma velha bota empoeirada em uma das mãos. Tão furioso ele se encontrava que mal conseguia articular, e, quando falou, foi em um lialeto muito mais amplo e mais ocidental do que ouvíramos pela manhã.

– Parece-me que estão me fazendo de parvo neste hotel – ele declarou. – Eles já vão descobrir que começaram a mexer com o homem errado, a menos que tomem cuidado. Com mil trovões, se esse sujeito não conseguir encontrar minha bota desaparecida, vai haver problemas. Eu aceito uma piada de bom grado, sr. Holmes, mas desta vez eles passaram um pouco dos limites.

– Ainda à procura de sua bota?

– Sim, senhor, e pretendo encontrá-la.

– Mas, certamente, o senhor disse que era uma bota marrom nova?

– Pois era, senhor. E essa é uma bota preta e velha.

– O quê? O que está querendo dizer...?

– Isso é só o que eu quero dizer. Eu só tinha três pares no mundo: o novo marrom, o velho preto e o par de couro envernizado, que estou usando. Ontem à noite eles levaram uma das botas marrons, e hoje eles apanharam uma das botas pretas. Bem, está com o senhor? Fale, homem, e não fique aí olhando!

Um agitado garçom alemão tinha aparecido em cena.

– Não, senhor; perguntei por todo o hotel, mas não ouvi nem uma palavra a respeito dela.

– Bem, ou essa bota aparece antes do anoitecer ou vou falar com o gerente e dizer-lhe que estou saindo deste hotel.

– Ela vai ser encontrada, senhor. Prometo que se tiver um pouco de paciência ela será encontrada.

– Certifique-se disso, pois é a última coisa minha que eu vou perder neste covil de ladrões. Pois muito bem, sr. Holmes, peço que me perdoe por perturbá-lo devido a uma ninharia como essa...

– Acho que vale muito a pena ser incomodado por isso.

– Ora, parece estar levando isso muito a sério.

– Como explica isso?

– Só não quero tentar explicar. Parece a coisa mais louca e esquisita que já aconteceu comigo.

– A mais esquisita, talvez... – disse Holmes, pensativo.

— A que conclusão o senhor chega?

— Bem, não posso professar que já compreendi o que aconteceu. Esse seu caso é muito complexo, *sir* Henry. Quando tomado em conjunto com a morte do seu tio, não sei se, dentre todos os quinhentos casos de importância capital de que tratei, houvesse um tão profundo. Apesar disso, temos várias linhas investigativas em nossas mãos e as chances são de que uma ou outra nos guie rumo à verdade. Podemos perder tempo em seguir a trilha errada; porém, mais cedo ou mais tarde nós vamos chegar à certa.

Tivemos um almoço agradável em que pouco foi dito a respeito do assunto que nos unira. Foi na sala de estar particular onde depois nos reunimos, que Holmes perguntou a Baskerville quais eram suas intenções.

— Ir para Baskerville Hall.

— E quando?

— No final da semana.

— De maneira geral — iniciou Holmes —, acho que sua decisão é sábia. Tenho amplos indícios de que o senhor está sendo perseguido em Londres e, em meio aos milhões de habitantes desta grande cidade, é difícil descobrir quem são essas pessoas ou qual pode ser seu objetivo. Se têm más intenções, elas poderiam querer lhe fazer uma travessura, caso em que seríamos impotentes para impedir. Sabia, dr. Mortimer, que vocês foram seguidos esta manhã quando saíram da minha casa?

O dr. Mortimer teve um violento sobressalto.

— Seguidos! Por quem?

— Isso, infelizmente, é o que não posso lhe dizer. Haveria entre seus vizinhos ou conhecidos em Dartmoor algum homem com uma barba preta, cheia?

— Não... ou, deixe-me ver... ora, sim. Barrymore, o mordomo de *sir* Charles, é um homem de barba preta.
— Aha! Onde está Barrymore?
— Ele está no comando de Baskerville Hall.
— É melhor nos certificarmos de que ele esteja mesmo lá, ou se, por alguma eventualidade, possa estar Londres.
— Como poderia obter essa informação?
— Dê-me um formulário de telégrafo.

Está tudo pronto para *sir* Henry?

Isso já serve. Endereçar ao sr. Barrymore, Baskerville Hall. Qual é a agência de telégrafo mais próxima? Grimpen. Muito bom, enviaremos uma segunda mensagem para o carteiro, Grimpen:

Telegrama para o sr. Barrymore deve ser entregue em mão própria. Se ausente, favor devolver para *sir* Henry Baskerville, Northumberland Hotel.

Isso deve nos informar antes do anoitecer se Barrymore está em seu posto em Devonshire ou não.
— De fato — aquiesceu Baskerville. — A propósito, dr. Mortimer, quem é este Barrymore, afinal?
— Ele é o filho do velho caseiro, que está morto. Já faz quatro gerações que eles cuidam da propriedade. Até onde eu sei, ele e a esposa são um casal tão respeitável como qualquer outro no condado.
— Por outro lado — disse Baskerville —, é bastante claro que, enquanto não houver ninguém da família em Baskerville Hall, essas pessoas têm uma bela casa e nada para fazer.

— Isso é verdade.

— Por acaso Barrymore teve algum lucro no testamento de *sir* Charles? – perguntou Holmes.

— Ele e a esposa receberam quinhentas libras cada.

— Aha! Eles sabiam que receberiam isso?

— Sim; *sir* Charles gostava muito de falar sobre as disposições do testamento.

— Isso é muito interessante.

— Espero – disse o dr. Mortimer – que o senhor não olhe com suspeita para todos que receberem um legado de *sir* Charles, pois eu também receberia mil libras.

— Decerto! Alguém mais?

— Havia muitas somas insignificantes para indivíduos e um grande número de instituições públicas de caridade. Todo o resto foi para *sir* Henry.

— E quanto era o resto?

— Setecentas e quarenta mil libras.

Holmes ergueu as sobrancelhas com surpresa.

— Eu não tinha ideia de que uma soma tão gigantesca estava envolvida – revelou meu companheiro.

— *Sir* Charles tinha a reputação de ser rico, mas não sabíamos o tamanho de sua riqueza até que passamos a examinar seus títulos. O valor total da propriedade estava perto de um milhão.

— Puxa vida! É o preço pelo qual um homem poderia muito bem tomar atitudes desenfreadas. Só mais uma pergunta, dr. Mortimer. Supondo que algo acontecesse com nosso amigo aqui (o senhor vai perdoar a hipótese desagradável!), quem iria herdar a propriedade?

— Já que Rodger Baskerville, irmão mais novo de *sir* Charles, morreu solteiro, a propriedade iria passar para os Desmond, que são primos distantes. James Desmond é um clérigo idoso em Westmoreland.

– Obrigado. Esses detalhes são todos de grande interesse. Conhece o sr. James Desmond?

– Sim; ele veio uma vez para visitar *sir* Charles. Ele é um homem de aparência venerável e de uma vida santa. Lembro-me de que ele se recusou a aceitar quaisquer terras de *sir* Charles, embora este o pressionasse.

– E esse homem de hábitos simples seria o herdeiro das milhares de libras de *sir* Charles.

– Ele seria o herdeiro da propriedade, porque é o que cabe. Também seria o herdeiro do dinheiro, a menos que o presente dono desejasse algo diferente, ele que pode, é claro, fazer o que quiser com o montante.

– E o senhor fez seu testamento, *sir* Henry?

– Não, sr. Holmes, eu não fiz. Ainda não tive tempo, pois foi só ontem que me inteirei de a quantas andava a coisa toda. Mas, de qualquer forma, sinto que o dinheiro deve acompanhar o título e a propriedade. Essa foi a ideia do meu pobre tio. Como é que o proprietário irá restaurar as glórias dos Baskerville, se não tiver dinheiro suficiente para manter a propriedade? Casa, terra e dólares devem ir juntos.

– É verdade. Bem, *sir* Henry, sou da mesma opinião no que diz respeito à recomendação de o senhor ir até Devonshire sem demora. Tenho apenas uma disposição a fazer. O senhor certamente não deve ir sozinho.

– O dr. Mortimer retorna comigo.

– Mas o dr. Mortimer tem sua clínica para cuidar, e a casa dele fica muito longe da sua. Com toda a boa vontade do mundo, ele pode ser incapaz de ajudá-lo. Não, *sir* Henry, o senhor deve levar consigo alguém, um homem de confiança que estará sempre ao seu lado.

– É possível que o senhor mesmo não venha, sr. Holmes?

– Se a matéria alcançou um estado de crise, eu devo me esforçar para estar presente em pessoa; mas deve entender que, com a minha extensa prática de consultoria e com os constantes apelos que chegam até mim de muitas partes, é impossível ficar ausente de Londres por um tempo indefinido. No instante presente, um dos nomes mais reverenciados na Inglaterra está sendo manchado por uma chantagista, e somente eu posso impedir um escândalo desastroso. Veja como para mim é impossível ir para Dartmoor.

– Então, qual seria sua recomendação?

Holmes colocou a mão em cima do meu braço.

– Se meu amigo aceitar a empreitada, não existe homem que valha mais a pena ter ao seu lado quando estiver em uma situação de aperto. Ninguém pode afirmar esse fato com mais confiança do que eu.

A proposta me pegou completamente de surpresa, mas antes que eu tivesse tempo de responder, Baskerville tomou-me a mão e balançou-a vivamente.

– Pois bem, quanta gentileza da sua parte, dr. Watson – disse ele. – O senhor entende o que está acontecendo comigo, e conhece desse assunto tanto quanto eu. Se puder vir a Baskerville Hall na minha companhia e me ajudar a passar por essa situação, eu nunca esquecerei.

A promessa de aventura sempre teve um fascínio para mim, e foi reforçado pelas palavras de Holmes e pelo entusiasmo com que o baronete me saudou como companheiro.

– Eu irei, com prazer – afirmei. – Não sei como eu poderia empregar meu tempo de melhor forma.

– E você se reportará a mim em detalhes – disse Holmes. – Quando se trata de uma crise, como é o caso, vou direcioná-lo a como agir. Suponho que até sábado tudo poderia estar pronto?

– É conveniente, dr. Watson?

– Perfeitamente.

– Então no sábado, a menos que ouça algo em contrário, nos encontraremos na estação de Paddington, às dez e meia.

Tínhamos nos levantado para partir quando Baskerville deu um grito de triunfo e, mergulhando em um dos cantos da sala, ele puxou uma bota marrom de debaixo de um armário.

– Minha bota desaparecida! – ele exclamou.

– Que todas as nossas dificuldades possam desaparecer tão facilmente! – disparou Sherlock Holmes.

– Mas é algo muito singular – observou o dr. Mortimer. – Eu vasculhei este quarto cuidadosamente antes do almoço.

– Assim como eu – disse Baskerville. – Cada centímetro.

– Certamente não havia nenhuma bota aqui antes.

– Nesse caso, o empregado deve tê-la colocado lá enquanto estávamos almoçando.

O alemão foi procurado, mas disse não saber nada do ocorrido, e nenhuma outra investigação pôde esclarecê-lo. Outro item fora acrescentado à série constante e aparentemente sem propósito de pequenos mistérios que tinham se seguido um ao outro tão depressa. Deixando de lado toda a história sombria da morte de *sir* Charles, tínhamos uma linha de inexplicáveis incidentes, todos ocorridos dentro dos limites de dois dias, que incluíam o recebimento da carta com palavras recortadas do jornal, o espião de barba negra na carruagem, a perda da bota marrom nova, a perda da velha bota preta e agora a devolução da bota marrom nova.

• Três fios partidos •

Holmes sentou-se em silêncio no carro de aluguel, enquanto voltávamos a Baker Street, e eu sabia, de olhar suas sobrancelhas franzidas e seu rosto afiado, que sua mente, como a minha, estava ocupada em tentar delimitar algum plano criminoso, no qual todos esses estranhos e aparentemente desconexos episódios pudessem ser encaixados. Durante toda tarde e avançando noite adentro, ele ficou sentado, perdido em tabaco e em pensamentos.

Logo antes de jantar, dois telegramas foram entregues. O primeiro dizia:

> Acabo de saber que Barrymore está em Baskerville Hall.
> – Baskerville.

O segundo:

> Visitei vinte e três hotéis como instruído, mas lamento relatar incapacidade de encontrar recortes do Times.
> – Cartwright.

– Lá se vão duas das minhas linhas investigatórias, Watson. Não há nada mais estimulante do que um caso em que tudo está contra nós. Temos que pescar outro rastro.

– Ainda temos o cocheiro que conduziu o espião.

– Exatamente. Por telégrafo, já pedi informações de nome e endereço do Registro Oficial. Eu não ficaria surpreso se essa fosse uma resposta à minha pergunta.

O som da campainha provou ser algo ainda mais satisfatório do que uma resposta, no entanto, pois a porta se abriu e um sujeito rústico entrou. Tratava-se evidentemente do homem em pessoa.

– Recebi uma mensagem da sede dizendo que um cavalheiro deste endereço estava perguntando sobre o número 2.704 – bradou ele. – Dirijo meu carro há sete anos e nunca tive uma palavra de queixa. Vim aqui diretamente do pátio para perguntar cara a cara o que o senhor tem contra mim.

– Não tenho nada no mundo contra você, meu bom homem – contrapôs Holmes. – Pelo contrário, tenho metade de um soberano para lhe ofertar se me der uma resposta clara às minhas perguntas.

– Bem, tive um bom-dia, sem dúvida – entusiasmou-se o cocheiro, com um sorriso. – O que desejava perguntar, senhor?

– Em primeiro lugar, seu nome e endereço, no caso de eu precisar lhe falar novamente.

– John Clayton, Turpey Street, 3, Borough. Meu coche sai do pátio de Shipley, perto da estação de Waterloo.

Sherlock Holmes anotou.

– Agora, Clayton, conte-me tudo sobre o passageiro que veio e ficou vigiando esta casa às dez horas esta manhã e depois seguiu os dois cavalheiros pela Regent Street.

O homem pareceu surpreso e um pouco envergonhado.

– Ora, não adianta nada eu lhe dizer essas coisas, pois parece que o senhor já sabe tanto quanto eu – devolveu o motorista. – A verdade é que o cavalheiro me disse que ele era um detetive e que eu não poderia falar nada sobre ele a ninguém.

– Meu bom homem, este é um assunto muito sério, e você pode se encontrar em uma posição muito ruim, se tentar esconder alguma coisa de mim. Quer dizer que seu passageiro lhe disse que ele era um detetive?

– Sim, ele disse.

– Quando ele disse isso?

— Quando desceu.

— Ele disse mais alguma coisa?

— Mencionou o nome dele.

Holmes lançou um rápido olhar de triunfo para mim.

— Ah, ele mencionou o nome, pois não? Isso foi imprudente da parte dele. Qual foi o nome que ele mencionou?

— O nome dele — disse o cocheiro — era sr. Sherlock Holmes.

Nunca vi meu amigo mais completamente tomado de surpresa do que diante daquela resposta do cocheiro. Por um instante, ele ficou onde estava, em espanto silencioso. Então irrompeu em uma gargalhada sincera.

— *Touché*, Watson... um inegável *touché*! — disse ele. — Sinto um florete tão ágil e veloz como o meu. Ele me acertou com grande sucesso dessa vez. Então se chamava Sherlock Holmes, sim?

— Sim, senhor, esse era o nome do cavalheiro.

— Excelente! Diga-me onde você o pegou e tudo o que aconteceu.

— Ele subiu no meu carro às nove e meia, em Trafalgar Square. Ele disse que era um detetive e me ofereceu dois guinéus se eu fizesse exatamente o que ele queria por todo o dia e não fizesse perguntas. Fiquei feliz em concordar. Primeiro, nós nos dirigimos até o Northumberland Hotel e esperamos lá até dois senhores saírem e pegarem um cabriolé. Seguimos o carro deles até pararem em algum lugar aqui perto.

— Aqui nesta porta — diagnosticou Holmes.

— Bem, não pude ter a certeza disso, mas ouso dizer que meu passageiro sabia de tudo. Paramos não muito longe nesta rua e esperamos uma hora e meia. Então, os dois cavalheiros passaram por nós caminhando, e os seguimos pela Baker Street e depois por...

– Eu sei – disse Holmes.

– Até que percorremos três quartos da Regent Street. Então meu cavalheiro levantou a capota, e ele gritou que eu deveria dirigir imediatamente para a estação de Waterloo na maior velocidade que eu pudesse. Lancei o chicote na égua e chegamos em questão de dez minutos. Então ele pagou seus dois guinéus, como um bom homem, e foi embora para a estação. Só quando estava saindo e se virou, ele disse: "Talvez lhe interesse saber que você estava conduzindo o sr. Sherlock Holmes". Foi assim que eu fiquei sabendo o nome.

– Compreendo. E você não viu nada mais dele?

– Não, depois ele entrou na estação.

– E como você descreveria o sr. Sherlock Holmes?

O cocheiro coçou a cabeça.

– Bem, ele não era um cavalheiro tão fácil assim de descrever. Eu o colocaria numa faixa de quarenta anos de idade, e ele era de estatura média, cinco ou sete centímetros mais baixo do que o senhor. Estava vestido como um homem distinto, e tinha uma barba preta, cortada quadrada na extremidade, e um rosto pálido. Não sei como eu poderia dizer mais do que isso.

– A cor dos olhos?

– Não, isso eu não posso dizer.

– Nada mais que consiga se lembrar?

– Não, senhor; nada.

– Bem, então, aqui está seu meio soberano. Há outro um esperando por você se puder trazer mais informações. Boa noite!

– Boa noite, senhor, e obrigado!

John Clayton partiu rindo, e Holmes virou para mim com um encolher de ombros e um sorriso tristonho.

— Arrebenta-se nossa terceira linha e podemos acabar onde começamos — expôs ele. — Que malandro esperto! Ele conhecia o nosso número, sabia que *sir* Henry Baskerville tinha me consultado, visto que eu estava na Regent Street, supôs que eu tinha tomado nota do número do carro de aluguel e que colocaria as mãos no cocheiro e então enviou essa mensagem audaciosa. Digo-lhe, Watson, desta vez temos um inimigo digno do nosso aço. Levei um xeque-mate em Londres. Só posso desejar que você tenha mais sorte em Devonshire. Mas não estou tranquilo quanto a isso.

— Quanto a quê?

— Quanto a mandar você. É um trabalho feio, Watson, um trabalho feio e perigoso, e quanto mais eu vejo dele, menos eu gosto. Sim, meu caro, você pode rir, mas lhe dou minha palavra de que me sentirei muito feliz por ter você de volta são e salvo em Baker Street, mais uma vez.

Capítulo 6

• BASKERVILLE HALL •

Sir Henry Baskerville e o dr. Mortimer estavam prontos no dia combinado, e começamos como planejado a viagem para Devonshire. O sr. Sherlock Holmes foi comigo até a estação e me deu suas últimas determinações e seus conselhos.

– Não vou influenciar sua mente propondo teorias ou suspeitas, Watson – começou Sherlock Holmes. – Desejo que você simplesmente me relate os fatos da maneira mais completa possível, e pode deixar que eu teço as teorias.

– Que tipo de fatos? – perguntei.

– Tudo que pareça ter qualquer influência, por mais indireta que seja, no caso e, especialmente, as relações entre o jovem Baskerville e seus vizinhos, ou quaisquer informações novas sobre a morte de *sir* Charles. Eu já fiz algumas investigações nos últimos dias, mas os resultados, eu temo, foram negativos. Apenas uma coisa parece estar certa, e é que o sr. James Desmond, o próximo herdeiro, é um senhor idoso de uma disposição muito amável, de forma que essa perseguição não provém da parte dele. Eu realmente acho que podemos eliminá-lo inteiramente dos nossos cálculos. Assim, sobram as pessoas que realmente vão cercar *sir* Henry Baskerville na charneca.

– Não seria bom se livrar em primeiro lugar desse casal Barrymore?

– De modo nenhum. Você não poderia cometer um erro maior. Se eles são inocentes seria uma injustiça cruel, e se são os culpados, abriríamos completamente mão da chance de trazermos a culpa sobre eles. Não, não, nós vamos preservá--los em nossa lista de suspeitos. Então, há um cavalariço em Baskerville Hall, se bem me lembro. Há dois agricultores na charneca. Há o nosso amigo dr. Mortimer, que eu acredito ser totalmente honesto, e há sua esposa, de quem não sabemos nada. Há esse naturalista, Stapleton, e há a irmã dele, que dizem ser uma moça atraente. Há o sr. Frankland, de Lafter Hall, que também é um fator desconhecido, e há um ou dois outros vizinhos. Essas são as pessoas que devem ser observadas com atenção especial.

– Farei o meu melhor.

– Você tem armas, suponho?

– Sim, achei por bem levá-las.

– Sim, certamente. Mantenha seu revólver por perto noite e dia e nunca relaxe com suas precauções.

Nossos amigos já haviam garantido um vagão de primeira classe e estavam esperando por nós na plataforma.

– Não, não temos qualquer tipo de notícia – disse o dr. Mortimer, em resposta às perguntas do meu amigo. – Posso jurar uma coisa, e isso é que não fomos seguidos pelos dois últimos dias. Nós nunca teríamos saído sem manter uma constante vigia, e ninguém poderia ter escapado à nossa atenção.

– Vocês ficaram o tempo todo juntos, eu presumo?

– Exceto ontem à tarde. Eu costumo tirar um dia apenas para diversão, quando venho à capital; assim, eu o passei no Museu do Colégio dos Cirurgiões.

– E eu fui olhar as pessoas no parque – disse Baskerville. – Mas não tivemos nenhum tipo de problema.

– Foi uma imprudência, mesmo assim – revoltou-se Holmes, balançando a cabeça e parecendo muito sério. – Eu imploro, *sir* Henry, que não saia mais sozinho. Alguma grande desgraça cairá sobre o senhor se o fizer. Encontrou sua outra bota?

– Não, senhor, ela desapareceu para sempre.

– De fato. Isso é muito interessante. Bem, adeus – acrescentou ele, quando o trem começou a deslizar ao longo da plataforma. – Lembre-se, *sir* Henry, de uma das frases daquela estranha lenda antiga que o dr. Mortimer leu para nós, e evite a charneca nas horas de escuridão, quando os poderes do mal estão exaltados.

Olhei na direção da plataforma quando ela já havia ficado um tanto para trás e vi a figura alta e austera de Holmes parado, imóvel, olhando-nos partir.

A viagem foi rápida e muito agradável, e eu a passei me familiarizando mais com meus dois companheiros e brincando com o *spaniel* do dr. Mortimer. Em poucas horas, a terra marrom tornara-se corada, o tijolo dera lugar ao granito, e vacas vermelhas pastavam em campos bem viçosos, onde o capim exuberante e a vegetação luxuriante falavam de um clima mais rico e úmido. O jovem Baskerville olhava ansiosamente pela janela e gritou de alegria quando reconheceu as características familiares da paisagem de Devon.

– Já vi uma boa parte do mundo desde que deixei estas bandas, dr. Watson – emocionou-se –, mas nunca vi um lugar que se comparasse a este.

— Nunca vi um homem de Devonshire que não amasse seu condado — comentei.

— Depende da raça de homens, tanto quanto do condado — disse o dr. Mortimer. — Um olhar sobre o nosso amigo revela a cabeça arredondada dos celtas, que transportam no seu interior o entusiasmo e o poder de apego característicos. A cabeça do pobre *sir* Charles era de um tipo muito raro, meio gaélico, meio iverniano em suas características. — Mas o senhor era muito jovem quando viu Baskerville Hall pela última vez, não era?

— Eu era um menino adolescente no momento da morte de meu pai e nunca tinha visto a propriedade, pois ele morava em um chalé na costa sul. Dali, fui diretamente morar com um amigo na América. Eu lhe digo que tudo é tão novo para mim como é para o dr. Watson, e estou tão ansioso quanto possível por ver a charneca.

— Está mesmo? Então seu desejo será facilmente concedido, pois aqui está sua primeira visão da charneca — avisou o dr. Mortimer, apontando para fora da janela do trem.

Sobre os quadrados verdes dos campos e a curva baixa de um bosque, elevava-se a distância uma colina cinzenta e melancólica, com um pináculo estranho e irregular, tênue e vago a distância, como uma fantástica paisagem de um sonho. Baskerville ficou assim durante muito tempo, olhos fixos na colina, e eu li em seu rosto ansioso o quanto significava para ele essa primeira vista daquele estranho lugar, onde os homens de seu sangue caminharam durante tanto tempo e deixaram sua tão profunda marca. Assim ele ficou, com seu terno de *tweed* e seu sotaque americano, no canto de um prosaico vagão de trem e, apesar disso, enquanto eu observava seu rosto expressivo e escuro, senti mais do que nunca como ele era um descendente verdadeiro daquela longa linhagem de homens de sangue nobre, quente e imperioso. Havia orgulho, coragem e força em suas grossas sobrancelhas, narinas sensíveis e seus grandes olhos castanhos. Se, naquela charneca proibitiva, uma missão difícil e perigosa nos esperava, aquele era, pelo menos, um camarada por quem uma pessoa podia se aventurar a assumir riscos, com a certeza de que ele iria partilhá-los com bravura.

O trem parou em uma pequena estação de beira de estrada e todos nós descemos. Lá fora, além da cerca baixa e branca, estava esperando uma charrete com um par de cavalos robustos. Nossa chegada era, evidentemente, um grande evento, pois o mestre da estação e os carregadores se reuniram ao redor de nós para carregar nossa bagagem. Era um doce e simplório pedaço rural, mas fiquei surpreso ao observar que no portão havia dois militares de uniformes escuros, que se inclinaram sobre seus curtos rifles e olharam profundamente para nós quando passamos. O cocheiro, um sujeito de semblante duro, retorcido, saudou *sir* Henry Baskerville, e em poucos minutos estávamos voando rapidamente pela larga e branca estrada. Ondulantes pastagens subiam ao nosso lado, e as antigas casas de gablete despontavam dentre a verdejante e espessa vegetação, mas, atrás dos campos pacíficos e iluminados pelo Sol, erguia-se, sempre e escura contra o céu do entardecer, a curva longa e melancólica da charneca, interrompida pelas irregulares e sinistras colinas.

A charrete fez uma curva numa estrada vicinal, e depois subiu por uma estrada íngreme desgastada durante séculos por rodas de carruagens, com altas ribanceiras de cada um dos lados, carregadas de musgo e avencas gotejantes. Fetos amarronzados e mosqueados e espinheiros reluziam à luz do Sol poente. Subindo ainda em um ritmo constante, passamos por uma ponte estreita de granito e contornamos um ruidoso riacho que jorrava para baixo, veloz, espumando e rugindo em meio aos rochedos cinzentos. Tanto a estrada quanto o riacho serpenteavam por um vale denso com carrascos e abetos. A cada curva, Baskerville soltava uma exclamação de prazer, olhando ansiosamente à sua volta e fazendo inúmeras perguntas. Aos seus olhos, tudo parecia lindo, mas, para mim, um toque de melancolia recobria os campos, contendo claramente a marca do ano que chegava ao fim. Folhas amarelas cobriam a estrada e farfalhavam à medida que passávamos. O chocalho de nossas rodas cessou assim que começamos a dirigir sobre montes de vegetação apodrecida – tristes presentes, na minha opinião, para serem jogados pela natureza diante da carruagem que levava de volta o herdeiro dos Baskerville.

– Ora, ora! – gritou o dr. Mortimer. – O que é isso?

Uma curva íngreme de terra coberta pelo urzedo com uma camada de brotos da charneca esperava por nós à frente. No ápice, claro e duro como uma estátua equestre em cima de seu pedestal, havia um soldado montado, sombrio e austero, sua espingarda pronta sobre o antebraço. Ele estava de olho na estrada ao longo da qual viajávamos.

– O que é isso, Perkins? – perguntou o dr. Mortimer.

Nosso cocheiro se virou.

– Um prisioneiro fugiu de Princetown, senhor. Faz três dias que ele está foragido, e os carcereiros vigiam todas as estradas e todas as estações, mas não encontraram nenhum sinal dele ainda. Os agricultores daqui não gostam, senhor, e isso é um fato.

– Bem, creio que eles recebem cinco libras se trouxerem quaisquer informações.

– Sim, senhor, mas é uma recompensa pobre comparada à chance de ter a garganta cortada. Veja, não é um condenado qualquer. Esse é um homem que não mede esforços e não tem escrúpulos.

– Quem é ele, então?

– É Selden, o assassino de Notting Hill.

Eu me lembrava bem desse caso, pois foi um em que Holmes tomou interesse devido à ferocidade peculiar do crime e à brutalidade devassa que marcara todas as ações do assassino. A pena de morte acabou comutada devido a algumas dúvidas quanto à sua completa sanidade, de tão atroz que fora sua conduta. Nossa charrete tinha alcançado o cimo de uma elevação e, à nossa frente, erguia-se a enorme extensão da charneca, sarapintada com dólmens e penedos nodosos e escarpados. Um vento frio saiu deles e nos deixou tremendo. Ali em algum lugar, naquela planície desolada, estava à espreita aquele homem diabólico, escondido em uma toca como uma fera selvagem, seu coração cheio de intentos malignos contra toda a raça que o havia isolado. Era só o que faltava para completar a sugestividade sinistra do descampado ressequido, o frio cortante e o céu cada vez mais escuro. Até mesmo Baskerville ficou em silêncio e fechou mais o casaco ao redor do corpo.

Tínhamos deixado para trás os campos férteis. Agora olhávamos para eles, os raios oblíquos do Sol baixo transformando os riachos em fios de ouro e brilhando na terra vermelha recém-revirada pelo arado e nos amplos emaranhados da floresta. A estrada diante de nós foi ficando mais sombria nas encostas castanhas e verde-oliva, salpicadas de gigantes rochedos. Vez ou outra passávamos por um chalé com paredes e telhado de pedra, sem sequer uma trepadeira para quebrar os ásperos contornos. De repente, olhamos para baixo e avistamos uma depressão que parecia uma xícara, pontuada por carvalhos atrofiados e abetos torcidos e dobrados pela fúria dos anos de tempestade. Duas torres altas e estreitas erguiam-se acima das árvores. O condutor apontou com o chicote.

– Baskerville Hall – anunciou.

Seu mestre tinha se aprumado no lugar e estava observando com faces coradas e olhos brilhantes. Alguns minutos depois, tínhamos chegado aos portões, um labirinto fantástico rendilhado em ferro forjado, com pilares carcomidos de ambos os lados pelas condições climáticas, manchados de líquenes e encimados pelas cabeças de javali dos Baskerville. A guarita era uma ruína de granito preto, com vigas que pareciam costelas expostas; mas, de frente para ela, estava um novo edifício, meio construído, o primeiro fruto de ouro sul-africano de *sir* Charles.

Entramos pelo portão e pegamos a avenida, onde as rodas novamente silenciaram, em meio às folhas, e as árvores antigas disparavam seus galhos em um túnel sombrio sobre nossas cabeças. Baskerville estremeceu quando olhou pelo longo e escuro caminho de entrada até onde a casa reluzia como um fantasma, do outro lado da propriedade.

– Foi aqui? – ele perguntou em voz baixa.

– Não, não, a Alameda dos Teixos é do outro lado.

O jovem herdeiro olhou de relance ao seu redor com o rosto sombrio.

– Não é de admirar que meu tio sentiu como se os problemas o estivessem perseguindo em um lugar como este – disse ele. – É o suficiente para assustar qualquer homem. Vou ter uma fileira de lâmpadas elétricas aqui, dentro de seis meses, e vocês não a reconhecerão da próxima vez, com mil velas de potência de Swan e Edison em frente à porta de entrada.

A avenida se abria em uma extensa porção de turfa, e a casa apareceu diante de nós. À luz minguante, era possível ver que o centro era um bloco pesado à guisa de edifício do qual se projetava um alpendre. Toda a frente estava recoberta por hera, com uma porção aparada aqui e ali, onde havia uma janela ou um brasão interrompendo o véu escuro. Daquele bloco central se erguiam duas torres gêmeas, antigas, ameadas e perfuradas por muitos orifícios. À direita e à esquerda dos torreões havia alas mais modernas de granito negro. Uma luz opaca brilhava através de pesadas janelas gradeadas, e, das altas chaminés que se erguiam do telhado íngreme e alto, desprendia-se uma única coluna de fumaça.

– Bem-vindo, *sir* Henry! Bem-vindo a Baskerville Hall!

Um homem alto tinha saído da sombra do alpendre para abrir a charrete. A silhueta de uma mulher recortou-se contra a luz amarelada do vestíbulo. Ela saiu e ajudou o homem a descer com nossas bagagens.

– Não se importaria se eu fosse diretamente para casa, não é, *sir* Henry? – disse o dr. Mortimer. – Minha esposa me espera.

– Certamente o senhor ficaria para jantar, sim?

– Não, tenho de ir. Provavelmente encontrarei trabalho à minha espera. Eu ficaria para lhe mostrar a casa, mas Barrymore será um guia melhor do que eu. Adeus e nunca hesite, seja noite ou dia, em mandar me chamar, se eu puder ser útil.

O barulho das rodas morreu a distância, enquanto *sir* Henry e eu entrávamos no vestíbulo, e a porta se fechou com um forte som estridente atrás de nós. Era um bom cômodo esse em que nos encontrávamos, grande, de teto alto revestido por muitas vigas de tábuas de carvalho enegrecidas pelo tempo. Na grandiosa lareira à moda antiga, atrás de grandes cães de ferro, a lenha estalava e rachava. *Sir* Henry e eu esticamos nossas mãos para elas, pois estávamos um tanto entorpecidos pela longa viagem. Então olhamos para a janela alta e estreita de vitrais antigos, para as treliças feitas de carvalho, para as cabeças de cervos, para os brasões nas paredes – tudo obscurecido pela penumbra da meia-luz que emanava de um lampião central.

– É exatamente como eu imaginava – disse *sir* Henry. – Não é a própria imagem de uma antiga casa de família? E pensar que essa é a mesma casa na qual, por quinhentos anos, minha gente viveu. Parece-me solene pensar nisso.

Vi o rosto moreno de *sir* Henry se iluminar com um entusiasmo juvenil enquanto olhava ao redor. A luz batia sobre ele, mas longas sombras trilhavam pelas paredes e pairavam acima como um dossel preto. Barrymore tinha retornado depois de levar a bagagem para nossos aposentos. Ele estava agora diante de nós da forma discreta de um criado bem treinado. Era um homem de aspecto notável, alto, bem apessoado, com uma barba preta quadrada e feições pálidas e distintas.

– Deseja que o jantar seja servido agora, senhor?

– Está pronto?

– Em pouquíssimos minutos, senhor. O senhor encontrará água quente nos seus aposentos. Minha esposa e eu ficaremos felizes, *sir* Henry, em permanecer com o senhor até que novas decisões sejam tomadas, mas entenda que, sob as novas condições, esta casa exigirá uma equipe considerável de empregados.

– Que novas condições?

– Eu só quis dizer, senhor, que *sir* Charles levava uma vida muito reclusa, e nós fomos capazes de cuidar dos desejos dele.

O senhor, naturalmente, desejaria ter mais companhia, e então precisará de mudanças na criadagem.

– Quer dizer que o senhor e sua esposa desejam partir?

– Apenas quando lhe for conveniente, senhor.

– Mas sua família esteve conosco durante várias gerações, não esteve? Eu lamentaria começar minha vida aqui quebrando uma antiga conexão familiar.

Pensei ter conseguido discernir alguns sinais de emoção no rosto branco do mordomo.

– Eu lamento também, senhor, assim como minha esposa. Mas para lhe dizer a verdade, senhor, nós éramos ambos muito ligados a *sir* Charles, e a morte dele nos causou choque e tornou esses arredores muito dolorosos para nós. Temo que nunca mais ficaremos de mente tranquila em Baskerville Hall.

– Mas o que pretendem fazer?

– Não tenho dúvida, senhor, de que conseguiremos nos estabelecer em algum negócio próprio. A generosidade de *sir* Charles nos proporcionou meios para fazê-lo. E agora, senhor, talvez seja melhor eu mostrar seus aposentos.

Uma galeria quadrada balaustrada percorria o alto do velho salão como um mezanino, ligado por uma escadaria dupla. Daquele ponto central, dois longos corredores se estendiam por toda a extensão do prédio, do qual se abriam todos os quartos. O meu quarto ficava na mesma ala do quarto de Baskerville e quase na porta ao lado. Esses aposentos pareciam muito mais modernos do que a parte central da casa, e o papel de parede vívido e as numerosas velas faziam algo para remover a impressão sombria que nossa chegada deixara sobre minha mente.

No entanto, a sala de jantar que se abria do salão era um lugar de sombra e lugubridade. Era uma câmara longa com um degrau que separava a parte superior, onde a família se sentava, da porção mais baixa, reservada aos dependentes. Em uma das extremidades, havia uma galeria superior para menestréis. Vigas pretas disparavam de um lado para o outro acima de nossas cabeças, com um teto escurecido pela fumaça além delas. Fileiras de tochas fulgurantes para iluminar o recinto, aliadas à cor e à hilaridade rude de um banquete dos velhos tempos, poderiam ter suavizado esse aspecto; mas, agora, quando dois cavalheiros vestidos de preto se sentavam em um pequeno círculo de luz projetada por um lampião sombreado, a voz se tornava sussurrante, e o espírito, tolhido. Uma obscura linhagem de ancestrais, em todas as variedades de vestimenta, do cavaleiro elisabetano até o fanfarrão da Regência, fitavam-nos e nos intimidavam com sua companhia silenciosa. Conversamos um pouco, e eu fiquei feliz quando a refeição terminou e pudemos nos retirar para a moderna sala de bilhar e fumar um cigarro.

– Dou-lhe minha palavra, este não é um lugar muito alegre – disse *sir* Henry. – Suponho que possamos nos adequar ao ambiente, mas me sinto um pouco fora de lugar no momento. Não me admira que meu tio se sentisse um pouco nervoso ao morar completamente sozinho em uma casa como esta. No entanto, se lhe convier, vamos nos recolher cedo esta noite, e talvez as coisas possam parecer mais alegres pela manhã.

Puxei minhas cortinas de lado antes de ir para cama e olhei pela janela. Ela se abria acima do gramado que ficava na frente da casa. Além, dois bosques de árvores gemiam e oscilavam ao vento crescente. Uma meia-lua irrompera entre as fendas das nuvens com seu movimento veloz. Na luz fria eu vi, além das árvores, uma franja quebrada de rochas e a curva longa e baixa da charneca melancólica. Fechei a cortina, sentindo que minha última impressão continuava em sintonia com as demais.

E, ainda assim, não era exatamente a última. Encontrei-me cansado, porém ainda insone, virando de um lado para o outro, procurando o sono que não vinha. Ao longe, um relógio de carrilhão batia os quartos de horas, mas fora isso um silêncio mortal envolvia a velha casa. E então, de repente, na calada da noite, um som veio aos meus ouvidos: claro, ressonante e inconfundível. Era o choro de uma mulher, o suspiro abafado e estrangulado de alguém dilacerado por uma tristeza incontrolável. Sentei-me na cama e me coloquei a ouvir atentamente. O barulho não poderia vir de muito longe e certamente era produzido dentro da casa. Por meia hora eu esperei, cada um dos meus nervos em alerta, mas não veio nenhum outro som, exceto o do relógio de carrilhão e o farfalhar da hera na parede.

Capítulo 7

• Os Stapleton de Merripit House •

A beleza rejuvenescida da manhã seguinte conseguiu, de certa maneira, apagar de nossa mente a sinistra e cinzenta impressão deixada sobre nós dois como resultado da nossa primeira experiência em Baskerville Hall. Enquanto *sir* Henry e eu estávamos sentados tomando o desjejum, o Sol derramou-se através das altas janelas gradeadas, projetando coloridas manchas aguadas sobre os brasões de armas que as cobriam. Os painéis de madeira escura brilhavam como bronze em raios dourados, e era difícil de perceber que esta era, de fato, a câmara que tinha lançado uma tal melancolia em nossas almas na noite anterior.

– Acho que é a nós mesmos e não à casa que devemos culpar! – disse o baronete. – Estávamos cansados com a viagem e enregelados pelo trajeto, então acabamos vendo o lugar com uma visão cinzenta. Agora estamos revigorados e bem, então, tudo voltou a ser alegre.

– E, ainda assim, não era inteiramente uma questão de imaginação – respondi. – Por acaso ouviu alguém, uma mulher, eu acho, chorando no meio da noite?

— Isso é curioso, pois eu achei mesmo, quando estava meio adormecido, ter ouvido algo do tipo. Esperei um bom tempo, mas o barulho não se repetiu, assim cheguei à conclusão de que fora tudo um sonho.

— Eu ouvi claramente, e tenho certeza de que era mesmo o pranto de uma mulher.

— Temos de perguntar sobre isso agora mesmo.

O jovem Baskerville tocou a sineta e perguntou a Barrymore se ele poderia explicar nossa experiência. Pareceu-me que as feições pálidas do mordomo se tornaram um tom ainda mais pálidas quando ele ouviu a pergunta de seu mestre.

— Há apenas duas mulheres na casa, *sir* Henry – ele respondeu. – Uma é a criada da cozinha, que dorme na outra ala. A outra é minha esposa, e posso dar minha palavra de que o som não poderia ter vindo dela.

E, ainda assim, ele mentia ao dizer isso, pois aconteceu que, depois do desjejum, conheci a sra. Barrymore no longo corredor com o Sol em cheio sobre seu rosto. Era uma mulher grande, impassível, de estrutura pesada, com uma expressão austera. Mas seus olhos, um livro aberto, estavam vermelhos e me olharam de relance entre pálpebras inchadas. Fora ela, então, que havia chorado durante a noite e, se ela o fizera, o marido deveria saber. No entanto, ele assumiu o risco óbvio de ser descoberto quando declarou desconhecer aquilo. Por que tinha agido assim? E por que ela chorava amargamente? Ocorria que já se formava ao redor desse homem bem apessoado, de rosto pálido e barba preta, uma atmosfera sombria e de mistério. Ele é que tinha sido o primeiro a descobrir o corpo de *sir* Charles, e tínhamos apenas sua palavra para todas as circunstâncias que levavam à morte do velho. Era possível que fosse mesmo Barrymore, afinal, o homem que havíamos visto no carro de aluguel em Regent Street? A barba bem poderia ter sido a mesma. O cocheiro tinha descrito um homem um pouco mais baixo, mas essa impressão poderia facilmente ser errônea. Como eu poderia desvendar o fato de uma vez por todas? Obviamente, a primeira coisa a fazer era ver o carteiro de Grimpen e descobrir se o telegrama de teste realmente tinha sido colocado nas mãos de Barrymore em pessoa. Fosse qual fosse a resposta, eu teria pelo menos algo a relatar para Sherlock Holmes.

Sir Henry tinha inúmeros papéis para examinar depois do desjejum, de forma que o momento era propício para minha excursão. Foi uma agradável caminhada de pouco mais de seis quilômetros ao longo da borda da charneca, que me levou, por fim, a um pequeno vilarejo cinzento, no qual dois edifícios maiores, que provaram ser a hospedaria e a casa do dr. Mortimer, elevavam-se acima dos demais. O funcionário dos correios, que era também era o dono da mercearia do vilarejo, tinha uma lembrança clara do telegrama.

– Certamente, senhor – disse ele –, entreguei o telegrama ao sr. Barrymore exatamente como instruído.

– Quem o entregou?

– Meu menino aqui. James, você entregou o telegrama ao sr. Barrymore em Baskerville Hall na semana passada, não foi?

– Sim, pai, entreguei.

– Em mãos? – perguntei.

– Bem, ele estava no sótão naquele momento, de forma que não pude colocar o telegrama nas mãos dele, mas deixei-o nas mãos da sra. Barrymore, e ela prometeu entregá-lo na mesma hora.

– Você viu o sr. Barrymore?

– Não, senhor; estou dizendo que ele estava no sótão.

– Se você não o viu, como sabe que ele estava no sótão?

– Bem, com certeza a mulher dele devia saber onde ele estava – ponderou o funcionário dos correios, impaciente. – Ele não recebeu o telegrama? Se houver qualquer erro, o sr. Barrymore é que deve se queixar.

Parecia infrutífero prosseguir com o inquérito, mas ficou claro que, apesar do ardil de Holmes, não tínhamos provas de que Barrymore não estivera em Londres o tempo todo. Supondo que assim fosse – supondo que o mesmo homem tivesse sido o último a ver *sir* Charles vivo e o primeiro a seguir o novo herdeiro quando ele retornou à Inglaterra –, seria ele o agente dos outros ou tinha algum projeto sinistro de sua autoria? Que interesse teria em perseguir a família Baskerville? Pensei no estranho aviso recortado do artigo principal do *Times*. Teria sido obra sua, ou era possível que se tratasse do feito de alguém determinado a agir contra os planos ardilosos de Barrymore? O único motivo concebível era o que fora sugerido por *sir* Henry, que, se a família pudesse ser assustada e mandada embora dali, um lar permanente e confortável seria garantido para os Barrymore. Mas certamente uma explicação como essa seria absolutamente insuficiente para dar conta das profundas e sutis maquinações que pareciam tecer uma teia invisível ao redor do jovem baronete. O próprio Holmes dissera que nenhum caso mais complexo do que esse tinha vindo a ele em toda a longa série de suas sensacionais investigações. Rezei, enquanto caminhava ao longo da cinzenta e solitária estrada, para que meu amigo em breve pudesse ser liberado de suas preocupações e viesse a tirar esse pesado fardo dos meus ombros.

De repente, meus pensamentos foram interrompidos pelo som de pés correndo atrás de mim e por uma voz que me

• Os Stapleton de Merripit House •

chamou pelo nome. Virei-me esperando ver o dr. Mortimer, mas, para minha surpresa, era um estranho que vinha me perseguindo. Era um homem pequeno, magro, bem barbeado, de rosto empertigado, cabelos bem claros e de maxilar estreito, com algo entre trinta e quarenta anos de idade, vestia um terno cinzento e usava chapéu de palha. Uma caixa da lata para espécimes botânicos se dependurava por cima do ombro e ele carregava uma rede de borboleta verde em uma das mãos.

– O senhor perdoará minha presunção, tenho certeza, dr. Watson – disse ele, ofegante, quando chegou até onde eu estava. – Aqui na charneca somos uma gente simples e não esperamos as apresentações formais. Talvez tenha ouvido meu nome de nosso amigo em comum, Mortimer. Sou Stapleton, de Merripit House.

– Sua rede e caixa teriam me revelado essa informação – devolvi –, pois eu sabia que o sr. Stapleton era um naturalista. – Mas como me conhecia?

– Fiz uma visita a Mortimer, e ele me apontou o senhor da janela da clínica quando passou. Como nossas estradas se cruzavam, pensei que poderia alcançá-lo e me apresentar. Creio que *sir* Henry tenha feito uma viagem agradável, sim?

– Ele está muito bem, obrigado.

– Todos ficamos um tanto receosos que, depois da triste morte de *sir* Charles, o novo baronete pudesse se recusar a viver aqui. É pedir muito que um homem abastado venha e se enterre em um lugar desse tipo, mas não preciso lhe dizer que significa muito para a gente do interior. *Sir* Henry, suponho, não tem medos supersticiosos a respeito desse assunto?

– Não creio ser provável.

– É claro que o senhor conhece a lenda do cão endemoninhado que assombra a família?

— Já a ouvi.

— É extraordinário como os camponeses daqui são crédulos! Alguns deles estão prontos para jurar que viram tal criatura na charneca. — Ele falou com um sorriso, mas achei ter lido em seus olhos que ele levava o assunto mais a sério. — A história exerceu um grande impacto na imaginação de sir Charles, e não tenho dúvidas de que foi o que o levou a seu trágico fim.

— Mas como?

— Seus nervos ficaram tão abalados que a aparição de qualquer cachorro poderia ter tido um efeito fatal no seu coração doente. Imagino que ele realmente tenha visto algo do tipo naquela última noite na Alameda dos Teixos. Eu temia que algum desastre pudesse ocorrer, pois eu gostava muito do velho, e sabia que seu coração estava fraco.

— Como sabe disso?

— Meu amigo Mortimer foi quem me disse.

— O senhor acha, então, que algum cão perseguiu sir Charles, e que ele morreu em consequência de um susto?

— Tem alguma explicação melhor?

— Não cheguei a nenhuma conclusão.

— O sr. Sherlock Holmes chegou a alguma?

As palavras deixaram-me sem fôlego por um instante, mas um olhar para o rosto plácido e para os olhos firmes de meu companheiro mostraram que não havia surpresa intencional.

— É inútil fingirmos que não o conhecemos, dr. Watson — discorreu ele. — Os registros de seu detetive chegaram até nós, e o senhor não pode celebrá-lo sem também se fazer conhecido. Quando Mortimer me disse seu nome, ele não pôde negar sua identidade. Se está aqui, então segue-se a isso que o sr. Sherlock

Holmes está interessado na matéria, e sou naturalmente curioso para saber o que ele possa achar.

– Receio que não tenho como responder a essa pergunta.

– Posso perguntar se ele vai nos honrar com uma visita?

– Ele não pode sair da cidade no momento. Possui outros casos que detêm sua atenção.

– Que pena! Ele poderia lançar alguma luz sobre tudo isso que ainda está tão obscuro para nós. Mas, nas suas pesquisas, se houver qualquer maneira possível de eu lhe ser útil, confio que mandará me chamar. Se eu tiver qualquer indicação da natureza de suas suspeitas, ou de como o senhor se propõe a investigar o caso, poderia talvez mesmo agora lhe servir de alguma ajuda ou dar conselho.

– Asseguro-lhe que estou simplesmente aqui para fazer uma visita a meu amigo, *sir* Henry, e que não preciso de ajuda de nenhum tipo.

– Excelente! – disse Stapleton. – De fato está correto em ser cauteloso e discreto. Estou sendo reprovado justamente pelo que sinto ter sido uma intromissão injustificável, e prometo que não voltarei a mencionar o assunto.

Tínhamos chegado a um ponto onde um caminho estreito de grama desviava da estrada e seguia, sinuoso, pela charneca. Uma colina íngreme, polvilhada de rochedos, estendia-se do lado direito. Em dias passados, ela havia sido cortada na forma de um barranco de granito. A face voltada para a nossa direção formava uma escarpa escura, com samambaias e arbustos retorcidos que cresciam em nichos. De uma elevação distante, flutuava uma nuvem cinza de fumaça.

– Uma caminhada moderada ao longo deste caminho de charneca nos levará até Merripit House – avisou. – Talvez tenha uma hora livre para que eu tenha o prazer de apresentá-lo à minha irmã.

Meu primeiro pensamento foi que eu deveria ficar ao lado de *sir* Henry, mas então me recordei da pilha de papéis e anotações que enchiam sua mesa. Era certo que eu não poderia ajudá-lo com aquilo. E Holmes dissera expressamente que eu deveria estudar os vizinhos ao redor da charneca. Aceitei o convite de Stapleton e, juntos, pegamos o caminho que seguia até lá.

– É um lugar maravilhoso, a charneca – elogiou enquanto olhava pelas colinas ondulantes, longos morros verdes com cristas de granito irregular espumando em afloramentos fantásticos. – A gente nunca se cansa da charneca. Nem imagina os maravilhosos segredos que ela contém. É tão vasta, tão estéril e tão misteriosa.

– O senhor a conhece bem?

– Só estou aqui há dois anos. Os moradores me chamariam de recém-chegado. Viemos logo após *sir* Charles se estabelecer. Mas meu gosto levou-me a explorar todas as partes do interior, e acho que existem poucos homens que a conhecem melhor do que eu.

– É difícil de conhecer?

– Muito difícil. Veja, por exemplo, esta grande planície ao norte, com as estranhas colinas que irrompem dela. Observa algo digno de nota?

– Seria um lugar sublime para um galope.

– É o que naturalmente se pensaria, e esse pensamento já custou a vida de muitas pessoas até hoje. Vê aqueles pontos de verde mais vivo espalhados em abundância sobre a planície?

– Sim, parecem trechos mais férteis do que o restante.

Stapleton riu.

– Aquele é o grande brejo Grimpen – disse ele. – Ali, um passo em falso significa a morte para homem ou animal. Ontem mesmo eu vi um dos pôneis da charneca perambular por ali. Ele nunca retornou. Eu vi a cabeça esticando-se por um longo tempo de dentro do atoleiro; mas, por fim, ele foi sugado. Mesmo em épocas de seca é um perigo atravessá-lo, mas, depois dessas chuvas de outono, vira um lugar horrível. E ainda assim, eu consigo encontrar meu caminho até o coração do brejo e voltar vivo. Por Deus, ali vai outro daqueles pôneis infelizes!

Uma coisa marrom estava rolando e se revirando entre os caniços verdes. Em seguida, um pescoço longo, contorcendo-se em agonia, disparou para o alto, e um terrível grito ecoou sobre a charneca. Deixou-me gelado de horror, mas os nervos do meu companheiro pareceram ser mais fortes do que os meus.

– Ele se foi! – ressaltou Stapleton. – O atoleiro o pegou. Dois, em dois dias, e muitos mais, talvez, pois eles gostam de ir até lá quando o clima está seco, no entanto nunca sabem a diferença até que o brejo os tenha pegado em suas garras. É um lugar ruim, o grande brejo Grimpen.

– E o senhor diz que consegue penetrar nele?

– Sim, há um ou dois caminhos que um homem muito ativo possa pegar. Eu os descobri.

– Mas por que desejaria entrar em um lugar tão horrível?

– Bem, está vendo aquelas colinas mais além? Em verdade, são ilhas isoladas por todos os lados pelo lamaçal intransponível, que se foi arrastando ao redor delas no curso dos anos. É ali que plantas e borboletas raras estão, se tivermos a astúcia de chegar até elas.

– Vou tentar minha sorte algum dia.

Ele olhou para mim com uma cara de surpresa.

– Pelo amor de Deus, tire essa ideia da cabeça – contestou ele. – Seu sangue estaria em minhas mãos. Garanto-lhe que não haveria a menor oportunidade de sair vivo. É apenas porque lembro de certos marcos complexos que eu consigo fazê-lo.

– Ora! – exclamei. – O que é isso?

Um gemido longo e baixo, indescritivelmente triste, varreu a charneca. Encheu todo o ar e, ainda assim era impossível dizer de onde vinha. De um murmúrio monótono ele tomou corpo e se tornou um rugido profundo e depois afundou de volta em um murmúrio melancólico e latejante novamente. Stapleton olhou para mim com uma expressão curiosa no rosto.

– Lugar estranho, a charneca! – disparou ele.

– Mas o que é?

– Os camponeses dizem que é o Cão dos Baskerville chamando por sua presa. Já ouvi uma ou duas vezes antes, mas nunca tão alto assim.

Eu olhei em volta, com um arrepio de medo no meu coração, na enorme planície inchada, sarapintada de manchas verdes dos juncos. Nada se mexia sobre a vasta extensão, salvo um par de corvos, que grasnavam alto de um penedo atrás de nós.

– O senhor é um homem culto. Não acredita em um absurdo como esses, não é? – comentei. – O que acha que é a causa de um som tão estranho?

– Pântanos fazem barulhos estranhos às vezes. É a lama assentando-se, a água subindo ou algo assim.

– Não, não, isso foi uma voz de um organismo vivo.

– Bem, talvez tenha sido. Você já ouviu o grito de um abetouro?

– Não, eu nunca ouvi.

– É uma ave muito rara, praticamente extinta agora na Inglaterra, mas todas as coisas são possíveis na charneca. Sim, eu não deveria me surpreender em saber que o que ouvimos é o grito de um dos últimos abetouros.

– É a coisa mais estranha e esquisita que já ouvi na minha vida.

– Sim, este é realmente um lugar peculiar. Olhe o flanco da colina ali. O que diz sobre aquilo?

A encosta inteira estava coberta de anéis circulares de pedra cinzenta, uns vinte deles, pelo menos.

– O que são eles? Galpões de ovelhas?

– Não, são as casas dos nossos dignos antepassados. Os homens pré-históricos habitavam densamente a charneca, e como ninguém em particular tem vivido lá desde então, encontramos todas essas moradias exatamente onde eles as deixaram. Ali estão as cabanas circulares, sem os tetos. Ali é possível até mesmo ver a lareira e o sofá, se tiver a curiosidade de entrar.

– Mas é como um vilarejo. Quando foi habitado?

– Na época do Neolítico, sem data.

– O que eles faziam?

– Levavam o gado para pastar nessas encostas, e aprenderam a escavar em busca de estanho quando as espadas de bronze começaram a substituir o machado de pedra. Veja a grande trincheira na colina oposta. É a marca deles. Sim, encontrará alguns pontos singulares na charneca, dr. Watson. Oh, dê-me licença um instante! Com certeza é uma *Cyclopides*.

Uma pequena mosca ou mariposa vibrava as asas cruzando nosso caminho e, em um instante, Stapleton estava correndo com velocidade e energia extraordinárias atrás dela. Para meu espanto, a criatura voou direto para o grande brejo, e meu conhecido não parou por um instante sequer, em disparada atrás dela, tufo após tufo de vegetação, com a rede verde balançando no ar. Suas roupas cinzentas e seu progresso espasmódico e irregular ziguezagueando não o tornavam muito diferente de qualquer enorme mariposa. Eu observava sua perseguição com uma mistura de admiração por sua atividade extraordinária e medo de que ele pudesse perder o equilíbrio no pântano traiçoeiro, quando ouvi o som de passos e, dando meia-volta, encontrei uma mulher perto de mim no mesmo caminho. Ela vinha da direção em que a coluna de fumaça indicava a posição de Merripit House, mas a depressão da charneca a escondera até que ela estivesse muito perto.

Eu não poderia duvidar de que era a srta. Stapleton de quem ele havia me contado, já que damas de qualquer tipo deviam ser poucas na charneca, e eu me lembrei de ter ouvido alguém descrevê-la como uma beldade. A mulher que se aproximou de mim o era, certamente, e do tipo mais raro. Não poderia ter havido um maior contraste entre irmão e irmã, pois Stapleton era de tez neutra, com cabelos claros e olhos cinzentos, enquanto ela era mais escura do que uma moça morena que eu vira na Inglaterra – esbelta, elegante e alta. Tinha um rosto orgulhoso, finamente delineado, tão regular que poderia parecer impassível, não fosse pela boca sensível e pelos lindos olhos escuros e ansiosos. Com sua figura perfeita e vestimenta elegante, ela era, efetivamente, uma aparição estranha sobre um caminho solitário de charneca. Seus olhos estavam fixos no irmão quando me virei, e então ela apressou o passo em minha direção. Eu havia erguido meu chapéu e estava prestes a fazer alguma observação explicativa, quando suas palavras voltaram todos os meus pensamentos para um novo canal.

– Volte! – ela disse. – Volte direto para Londres, neste instante. Eu só consegui fitá-la em surpresa estúpida. Seus olhos fulguraram para mim, e ela batia o pé no chão com impaciência.

– Por que eu deveria voltar? – perguntei.

– Não posso explicar. – Falava-me em voz baixa, ansiosa, com um curioso cicio em seu enunciado. – Mas pelo amor de Deus, faça o que lhe peço. Volte e nunca mais pise na charneca novamente.

– Mas eu acabei de chegar.

– Homem, homem! – ela exclamou. – Não percebe quando uma advertência é para seu próprio bem? Volte para Londres! Começa esta noite! Saia deste lugar a todo custo! Silêncio, meu irmão está vindo! Nem uma palavra do que eu disse. Importa-se de pegar aquela orquídea para mim, entre as cavalinhas ali adiante? Temos uma grande riqueza de orquídeas na charneca, no entanto, é claro, o senhor está um pouco atrasado na estação para ver as belezas do lugar.

Stapleton havia abandonado a perseguição e voltado para nós com a respiração arfante e corado por causa dos esforços.

– Alô, Beryl! – cumprimentou ele, e me pareceu que o tom da sua saudação não era de todo cordial.

– Bem, Jack, você está muito acalorado.

– Sim, eu estava perseguindo uma *Cyclopides*. Ela é muito rara e dificilmente é encontrada no final do outono. Que pena que a perdi! – Ele falava sem preocupação, mas seus pequenos olhos claros lançavam olhares furtivos incessantes entre mim e a garota.

– Vocês se apresentaram, eu vejo.

– Sim. Eu estava contando a *sir* Henry que é um pouco tarde na estação para que ele veja a beleza da charneca.

– Ora, quem você acha que ele é?
– Imagino que deva ser *sir* Henry Baskerville.
– Não, não – elucidei. – Apenas um humilde plebeu, mas o amigo dele. Meu nome é dr. Watson.

Um rubor de vergonha lhe inundou o rosto expressivo.

– Estávamos em uma conversa cruzada – explicou ela.
– Ora, vocês não tiveram muito tempo para conversar – comentou o irmão dela, com os mesmos olhos questionadores.
– Eu falei como se o dr. Watson fosse um residente em vez de ser meramente um visitante – esclareceu ela. – Acho difícil que ele se importe se é cedo ou tarde para as orquídeas. Mas o senhor virá, não virá, para ver Merripit House?

Uma curta caminhada nos levou até lá, uma casa melancólica de charneca, outrora a fazenda de um criador de gado dos antigos dias prósperos; mas, agora, renovada e transformada em uma habitação moderna. Um pomar a cercava, mas as árvores, como é habitual na charneca, eram atrofiadas e talhadas, e o efeito do lugar todo era esfarrapado e melancólico. Fomos recebidos por um criado velho, estranho, encarquilhado e vestido num casaco cor de ferrugem que parecia combinar com a casa. Lá dentro, no entanto, havia grandes cômodos decorados com uma elegância na qual eu parecia reconhecer o gosto da senhora. Quando olhei de suas janelas para a charneca interminável e salpicada de granito, ondulando ininterrupta até o horizonte mais distante, eu não podia deixar de me maravilhar com o que poderia ter levado esse homem altamente estudado e essa linda mulher a viver em um lugar como aquele.

– Estranho lugar para escolher, não é? – alegou ele, como se em resposta ao meu pensamento. – E, ainda assim, conseguimos ser razoavelmente felizes, não é, Beryl?

– Muito felizes – complementou ela, mas não havia nenhuma aura de convicção em suas palavras.

– Eu tinha uma escola – revelou Stapleton. – Ficava no norte do país. O trabalho para um homem de meu temperamento era mecânico e desinteressante, mas o privilégio de viver com a juventude, de ajudar a moldar as mentes jovens e de impressioná-los com meu caráter e minhas ideias era algo que muito me agradava. No entanto, o destino estava contra nós. Uma grave epidemia acometeu a escola e três dos garotos morreram. Ela nunca se recuperou do golpe, e muito do meu capital irremediavelmente foi engolido. E, ainda, se não fosse pela perda da encantadora companhia dos meninos, eu poderia me alegrar da minha própria desgraça, pois, com os meus fortes gostos por botânica e zoologia, encontro um campo ilimitado de trabalho aqui, e minha irmã é tão devotada à natureza como eu. Tudo isso, dr. Watson, foi trazido à tona na sua pessoa pela sua expressão quando olhou para a charneca através da janela.

– Certamente passou pela minha cabeça que poderia ser um pouco monótono, menos para o senhor, talvez, do que para sua irmã.

– Não, não, eu nunca estou entediada – retrucou ela, rapidamente.

– Temos livros, temos nossos estudos e temos vizinhos interessantes. O dr. Mortimer é um homem muitíssimo sábio na sua área. O pobre *sir* Charles também era um admirável companheiro. Nós o conhecíamos bem e sinto falta dele mais do que posso dizer. Acha que eu estaria me intrometendo se fosse fazer uma visita esta tarde para conhecer *sir* Henry?

– Tenho certeza de que ele ficaria encantado.

— Então talvez, dr. Watson, poderia mencionar que eu pretendo fazer uma visita. Talvez, em nossa humilde maneira, façamos algo para tornar as coisas mais fáceis para ele até que se acostume com seu novo ambiente. Gostaria de subir, dr. Watson, e inspecionar minha coleção de *Lepidoptera*? Creio que é a mais completa no sudoeste da Inglaterra. Quando tiver terminado de olhá-la, o almoço vai estar praticamente pronto.

Contudo, eu estava ansioso para voltar à minha missão. A melancolia da charneca, a morte do infeliz pônei, o som estranho que fora associado à lenda sombria dos Baskerville: todas essas coisas tingiram meus pensamentos com tristeza. Então, no coroamento dessas impressões mais ou menos vagas, viera o aviso definitivo e distinto da srta. Stapleton, entregue com tal seriedade intensa que eu não poderia duvidar que algum motivo grave e profundo estava por trás disso. Resisti a toda pressão que fizeram para eu ficar para o almoço, e parti de imediato em regresso, pegando o caminho de grama pelo qual tínhamos vindo.

Parece, entretanto, que devia existir algum atalho para os que o conheciam, pois antes que eu chegasse à estrada, fui surpreendido pela visão da srta. Stapleton sentada sobre uma rocha ao lado do caminho. Seu rosto estava lindamente ruborizado por causa de seus esforços e ela segurava a mão na cintura.

— Vim correndo por todo o caminho para interceptá-lo, dr. Watson — disse ela. — Não tive nem mesmo tempo para colocar o chapéu. Não posso me demorar, ou meu irmão sentirá a minha falta. Eu queria dizer como eu lamento pelo erro estúpido que cometi em pensar que era *sir* Henry. Por favor, esqueça as palavras que eu disse, pois elas não têm serventia nenhuma para o senhor.

— Mas eu não posso esquecê-las, srta. Stapleton — redargui. — Sou amigo de *sir* Henry, e o bem-estar dele é uma preocupação para mim. Diga-me por que estava tão ansiosa pelo regresso de *sir* Henry a Londres.

— O capricho de uma mulher, dr. Watson. Quando me conhecer melhor, o senhor vai entender que não posso sempre dar razões para o que eu diga ou faça.

— Não, não. Eu me lembro da urgência na sua voz. Lembro-me da expressão nos seus olhos. Por favor, por favor, seja franca comigo, srta. Stapleton, pois desde que estou aqui tomei consciência das sombras à minha volta. A vida tornou-se como aquele grande brejo Grimpen, com pequenas manchas verdes em todos os lugares, em que a pessoa pode afundar se não tiver a ajuda de um guia para apontar o caminho certo. Diga-me então o que foi que quis dizer, e prometo transmitir o seu aviso a *sir* Henry.

Uma expressão de indecisão perpassou por um instante o rosto dela, mas seus olhos tinham endurecido mais uma vez quando ela me respondeu.

— Está dando importância demais a isso, dr. Watson — disse. — E meu irmão ficou muito chocado com a morte de *sir* Charles. Nós o conhecíamos em profunda intimidade, pois seu passeio favorito era andar pela charneca até nossa casa. Ele tinha ficado profundamente impressionado pela maldição que pairava sobre a família e, quando aconteceu a tragédia, senti naturalmente que deveria haver alguns motivos para o medo que ele tinha manifestado. Fiquei aflita, pois, quando outro membro da família veio morar aqui, e senti que ele deveria ser avisado do perigo que irá correr. Isso era tudo o que eu pretendia transmitir.

— Mas qual é o perigo?

– Conhece a história do cão?
– Eu não acredito em tal absurdo.
– Mas eu sim. Se o senhor tem alguma influência com *sir* Henry, tire-o desse lugar que sempre foi fatal para a sua família. O mundo é grande. Por que ele desejaria viver no lugar de perigo?
– Porque é o lugar de perigo. Tal é a natureza de *sir* Henry. Temo que, a menos que você possa me dar alguma informação mais concreta do que isso, seria impossível fazê-lo se mudar.
– Não posso dizer nada definitivo, pois não sei nada de definitivo.
– Eu lhe faria mais uma pergunta, srta. Stapleton. Se não queria dizer nada mais além disso quando falou comigo pela primeira vez, por que não desejaria que seu irmão ouvisse? Não há nada a que ele, ou qualquer outra pessoa, possa objetar.
– Meu irmão está muito ansioso para que Baskerville Hall seja habitada, pois ele acha que é para o bem do pobre povo da charneca. Ele ficaria muito zangado se soubesse que eu lhe disse algo que possa induzir *sir* Henry a ir embora. Mas eu fiz o meu dever agora e não vou dizer mais nada. Tenho que voltar, ou ele vai sentir minha falta e suspeitar que vim ver o senhor. Adeus!
– Ela se virou e desapareceu em poucos minutos entre as pedras dispersas, enquanto eu, com minha alma cheia de medos vagos, retomei meu caminho até Baskerville Hall.

Capítulo 8

• PRIMEIRO RELATÓRIO DO DR. WATSON •

Deste ponto em diante, vou seguir o curso dos eventos e transcrever minhas cartas ao sr. Sherlock Holmes, que estão diante de mim em cima da mesa. Falta uma página, mas fora ela, estes relatos estão exatamente da forma como foram escritos e mostram meus sentimentos e minhas suspeitas daquele momento com mais precisão do que a minha memória – por mais clara que esteja a respeito daqueles trágicos acontecimentos – provavelmente poderia demonstrar.

Baskerville Hall, 13 de outubro.

Meu caro Holmes:

Minhas cartas e telegramas anteriores o mantiveram muito bem informado a respeito de tudo o que aconteceu neste canto mais desolado do mundo. Quanto mais se fica aqui, mais o espírito da charneca afunda na alma: sua vastidão e também seu charme taciturno. Assim que chegamos ao seio deste lugar, deixamos para trás todos os vestígios da Inglaterra moderna; mas, por outro lado, tomamos consciência em todo lugar sobre as casas e o trabalho dos povos pré-históricos. Por onde quer que andemos, há casas dessa gente esquecida, com suas sepulturas e os enormes monólitos que supostamente marcaram seus templos. Ao olharmos para as cabanas de pedra cinza contra as encostas das colinas cheias de cicatrizes, deixamos toda a nossa era para trás, e se víssemos um homem peludo coberto de peles de animais arrastando-se para fora de uma porta baixa, ajustando uma flecha com ponta de sílex na corda do arco, iríamos sentir que a presença dessa pessoa era mais natural do que a nossa. O estranho é que eles devem ter vivido em um grande número no que deve ter sido sempre um solo muitíssimo infrutífero. Eu não sou nenhum especialista em antiguidades, mas poderia imaginar que fossem alguma raça não bélica, oprimida, forçada a aceitar o lugar que nenhuma outra iria ocupar.

Tudo isso, no entanto, é alheio à missão para a qual você me enviou e é muito provável que será pouco interessante para sua mente severamente prática. Ainda lembro de sua completa indiferença sobre se o Sol girava em torno da Terra ou se a Terra girava ao redor do Sol. Permita-me, portanto, voltar para os fatos a respeito de *sir* Henry Baskerville.

Se não recebeu nenhum relatório meu nos últimos dias é porque, até hoje, não havia nada de importância para relatar. Agora ocorreu uma circunstância muito surpreendente, que relatarei em momento oportuno. Mas, antes de mais nada, devo atualizá-lo sobre alguns dos outros fatores na situação.

Um desses, a respeito do qual pouco falei, é o fugitivo da charneca. Há fortes razões agora para acreditar que ele, de fato, escafedeu-se, o que é um alívio considerável para os solitários proprietários deste distrito. Duas semanas se passaram desde a fuga; durante este período ele não foi visto e nada se ouviu dele. É certamente inconcebível que ele pudesse sobreviver por todo esse tempo na charneca. Claro, no que tange a lugares onde se ocultar, não há dificuldade alguma. Qualquer uma dessas cabanas de pedra lhe daria um esconderijo.

Mas não há nada para comer, a menos que ele fosse capturar e matar alguma das ovelhas da charneca. Consideramos, portanto, que ele se foi, e os agricultores de pontos mais remotos podem dormir melhor em consequência desse fato.

Somos quatro homens aptos aqui nesta casa, de modo que poderíamos tomar conta de nós mesmos, mas confesso que tive momentos de inquietação quando penso nos Stapleton. Eles vivem a quilômetros de qualquer ajuda. Há uma criada, um criado de idade, a irmã e o irmão, este último um homem não muito forte. Eles seriam indefesos nas mãos de um sujeito desesperado como esse criminoso de Notting Hill, se ele conseguisse entrar na casa. Tanto *sir* Henry quanto eu estávamos preocupados com a situação deles, e foi sugerido que Perkins, o cavalariço, fosse dormir lá, mas Stapleton não admitia nem ouvir falar disso.

O fato é que nosso amigo, o baronete, começa a exibir um considerável interesse pela nossa bela vizinha. Não é de se admirar, pois o tempo tem um efeito pesado neste lugar remoto para um homem ativo como ele, e ela é uma mulher bonita e fascinante. Há algo tropical e exótico a respeito dela, o que forma um contraste singular com seu irmão frio e sem emoções. No entanto, ele também dá a ideia de ter uma espécie de fogo oculto. Decerto ele tem uma influência muito acentuada sobre ela, pois eu a observei continuamente lançando olhares para ele enquanto falava, como se estivesse buscando aprovação para o que dizia. Confio que ele seja gentil com ela. Há um brilho seco nos olhos dele, um toque firme em seus lábios finos, o que combina com uma natureza pragmática e possivelmente cruel. Você o considerará um caso interessante de estudo.

Ele veio visitar Baskerville no primeiro dia e, na manhã seguinte, levou nós dois para nos mostrar o local onde a lenda do perverso Hugo supostamente se originou. Foi uma excursão de alguns quilômetros pela charneca até um lugar tão desolado que poderia ter sugerido tal história. Encontramos um vale curto entre pináculos escarpados que levavam para um espaço aberto e salpicado de pés de algodão. No meio dele, erguiam-se duas grandes rochas, desgastadas e afiadas na crista, até parecerem as enormes presas corroídas de alguma besta monstruosa. Em todos os sentidos, esse lugar correspondia à cena da antiga tragédia. *Sir* Henry interessou-se muito e perguntou a Stapleton mais de uma vez se ele realmente acreditava na possibilidade de interferência do sobrenatural nos assuntos dos homens. Ele falou em tom leve, mas era evidente que estava falando muito sério. Stapleton foi contido em suas respostas, mas foi fácil perceber que ele disse menos do que poderia, e que não expressaria sua total opinião por consideração aos sentimentos do baronete. Ele nos falou sobre casos semelhantes, em que famílias sofreram de algum tipo de influência maligna, e ele nos deixou com a impressão de que partilhava da visão popular a respeito do assunto.

No caminho volta, ficamos para o almoço em Merripit House, e foi lá que apresentaram a srta. Stapleton a *sir* Henry. Desde o primeiro instante em que a viu, ele pareceu se sentir fortemente atraído por ela, e eu estaria muito enganado se o sentimento não fosse mútuo. Ele se referiu a ela de novo em nossa caminhada para casa e desde então era difícil um dia em que não víssemos brevemente o irmão e a irmã. Jantam aqui esta noite, e há uma conversa de irmos jantar na residência deles na semana que vem. Seria de se imaginar que um compromisso seria muito bem-vindo para *sir* Henry, e, apesar disso, mais de uma vez eu captei um olhar da mais forte desaprovação no rosto dele quando *sir* Henry estava dispensando atenções à irmã. Ele é muito apegado a ela, sem dúvida, e viveria uma vida solitária sem ela, mas pareceria o cúmulo do egoísmo se oferecesse empecilho para que ela fizesse um casamento tão auspicioso. Entretanto, tenho certeza de que ele não deseja que a intimidade evolua e aflore em amor, mas por diversas vezes observei que ele fez grandes esforços para impedir que pudessem ter uma conversa a sós. A propósito, suas instruções a mim de nunca permitir que *sir* Henry saia sozinho vão se tornar muito mais onerosas se um relacionamento amoroso for acrescentado a nossas dificuldades. Minha popularidade logo sofreria o impacto se eu pretendesse seguir suas ordens ao pé da letra.

Outro dia – quinta-feira, para ser mais exato –, o dr. Mortimer almoçou conosco. Ele tem escavado um montículo funerário em Long Down, e encontrou um crânio pré-histórico que o enche de grande alegria. Nunca houve um entusiasta mais determinado quanto ele! Os Stapleton vieram para cá depois, e o bom doutor levou-nos todos para a Alameda dos Teixos, a pedido de *sir* Henry, para nos mostrar exatamente como tudo ocorrera naquela noite fatídica. É uma passagem longa e lúgubre, a Alameda dos Teixos, entre duas paredes altas de sebe aparada, com uma estreita faixa de grama de ambos os lados. No fim dela há um caramanchão em ruínas. Na metade do caminho, encontra-se o portão da charneca, onde o velho cavalheiro deixou as cinzas de seu charuto. É um portão de madeira branco com uma trava. Além dele se encontra a vasta charneca. Lembrei-me de sua teoria do caso e tentei imaginar tudo o que tinha ocorrido. Enquanto o velho estava lá, viu algo vindo do outro lado da charneca, algo que lhe provocou tal terror que ele perdeu o controle e correu e correu até morrer de exaustão e horror extremos. Havia o longo e escuro túnel pelo qual ele fugiu. E de quê? De um cão pastor da charneca? Ou de um enorme cão espectral negro, silencioso e monstruoso? Houve participação humana nesse fato? Por acaso o pálido e vigilante Barrymore sabia mais do que disse? Tudo era tênue e vago, mas sempre há essa sombra escura de crime por trás.

Conheci um outro vizinho desde que escrevi pela última vez. É o sr. Frankland, de Lafter Hall, que vive a cerca de seis quilômetros ao sul de nós. Ele é um homem idoso, colérico, de rosto vermelho e cabelos brancos. Sua paixão é pela lei britânica, e ele já gastou uma grande fortuna em litígios. Ele luta pelo mero prazer de lutar e está igualmente pronto para assumir ambos os lados de uma questão, de modo que não é de admirar que ele tenha encontrado nisso um divertimento dispendioso. Às vezes, fecha uma passagem pública em suas terras apenas para desafiar a comunidade a fazê-lo reabri-la. Outras vezes, ele arranca com as próprias mãos o portão de outro homem e declara que aquele caminho sempre existiu ali desde tempos imemoriais, desafiando o dono a processá-lo por invasão de propriedade. Ele é versado nos antigos direitos senhoriais e comunais, e aplica seu conhecimento às vezes em favor dos aldeões de Fernworthy e às vezes contra eles, de modo que, periodicamente, ou ele é carregado em triunfo pela rua do vilarejo ou é queimado em efígie, de acordo com sua mais recente façanha. Dizem que ele tem cerca de sete processos judiciais em suas mãos neste momento, o que provavelmente vai engolir o resto de sua fortuna e, assim, tomar-lhe o ferrão e deixá-lo inofensivo no futuro. Exceto pelo aspecto jurídico, ele parece uma pessoa gentil e de boa índole, e eu apenas faço menção a ele porque você foi específico em dizer que eu deveria enviar descrições das pessoas que nos cercam. Ele está empregado em atividade curiosa no momento, pois sendo um astrônomo amador, tem um telescópio excelente, com o qual se deita sobre o telhado de sua própria casa e vasculha a charneca o dia todo na esperança de vislumbrar o fugitivo. Se ele canalizar suas energias para isso, tudo estará bem, mas há rumores de que pretende processar o dr. Mortimer por abrir uma sepultura sem o consentimento dos parentes, porque ele desenterrou o crânio neolítico do montículo funerário em Long Down. Ele ajuda a impedir que nossas vidas se tornem monótonas e dá um pequeno alívio cômico onde é enfaticamente necessário.

E agora, tendo atualizado você a respeito do fugitivo, dos Stapleton, do dr. Mortimer e de Frankland, de Lafter Hall, deixe-me concluir com o que é mais importante e lhe contar mais sobre os Barrymore, e especialmente sobre o surpreendente desdobramento de ontem à noite.

Em primeiro lugar, sobre o telegrama de teste que você enviou de Londres, a fim de se certificar de que Barrymore estava realmente aqui. Já expliquei que o testemunho do funcionário dos correios mostra que o teste foi inútil e que não temos nenhuma prova de um lado ou de outro da questão. Eu contei a *sir* Henry em que pé ficara a questão e ele, de imediato, em seu modo extremoso de fazer as coisas, chamou Barrymore e lhe perguntou se ele tinha recebido o telegrama pessoalmente. Barrymore disse que tinha.

— O menino entregou o telegrama em mãos? – perguntou *sir* Henry.

Barrymore pareceu surpreso e considerou por algum tempo.

— Não – disse ele. – Eu estava no depósito no momento, e minha mulher o trouxe até mim.

— O senhor mesmo que o respondeu?

— Não; disse para minha mulher responder... e ela desceu para escrever a resposta.

À noite, ele retornou ao tema por sua própria vontade.

— Eu não compreendi inteiramente o objeto de seu questionamento pela manhã, *sir* Henry – disse ele. – Espero que não signifique que eu fiz algo que colocasse sua confiança em risco, pois não?

Sir Henry precisou assegurar-lhe de que não era o caso e acalmá-lo ao confiar a seus cuidados partes consideráveis do antigo guarda-roupa, sendo que os trajes de Londres já haviam chegado àquela altura.

A sra. Barrymore me interessa. Ela é uma pessoa pesada, sólida, muito limitada, intensamente respeitável e inclinada a ser puritana. Você dificilmente poderia conceber uma pessoa menos emocional. Ainda assim, como lhe contei, na minha primeira noite aqui, eu a ouvi chorar amargamente, e desde então mais de uma vez observei vestígios de lágrimas no semblante dela. Alguma tristeza corrói o fundo do coração. Às vezes, me pergunto se ela tem uma lembrança culpada que a assombra, e às vezes desconfio que Barrymore possa ser um tirano doméstico. Sempre senti que havia algo singular e questionável no caráter desse homem, mas a aventura de ontem à noite traz todas as minhas suspeitas para a dianteira.

E ainda assim, parece ser um assunto pequeno em si mesmo. Você está ciente de que não durmo muito pesado e, desde que estou de guarda nesta casa, meu sono tem sido mais leve do que nunca. Ontem à noite, umas duas da manhã, fui desperto por um passo furtivo pelo meu quarto. Levantei-me, abri a porta e espiei. Uma longa sombra preta arrastava-se pelo corredor. Era lançada por um homem que caminhava de leve pelo corredor segurando uma vela. Estava de calça e de camisa, sem nada para cobrir os pés. Eu podia apenas ver o contorno, mas sua altura disse-me que era Barrymore. Ele andava de forma muito lenta e circunspecta, e havia algo indescritivelmente culpado e furtivo em toda a sua aparência.

Já falei que o corredor é interrompido pelo mezanino cercado de balaústres, que dá a volta no salão principal, mas que é retomado do outro lado. Esperei até que ele saísse da vista e então o segui. Quando dei a volta no mezanino, ele já alcançara o corredor mais distante e eu pude ver, pelo brilho de luz através de uma porta aberta, que havia entrado em um dos quartos. Pois então, todos esses quartos estão sem mobília e desocupados, o que torna sua expedição mais misteriosa do que nunca. A luz brilhava constante, como se ele estivesse parado, imóvel. Eu segui sorrateiramente pela passagem, com o máximo de silêncio possível, e espiei pelo canto da porta.

Barrymore estava agachado na janela com a vela encostada no vidro. Seu perfil estava meio virado para mim e sua face parecia rígida de expectativa enquanto ele fitava o negror da charneca. Por alguns minutos, ficou observando atento. Depois soltou um gemido profundo e, com um gesto impaciente, apagou a vela. Instantaneamente, retomei meu caminho ao quarto e, pouco tempo depois, os passos furtivos ecoaram pelo corredor mais uma vez, na jornada de volta. Muito tempo depois, quando eu tinha caído em um sono leve, ouvi uma chave virar em uma fechadura em algum lugar, mas não consegui dizer de onde vinha o som. O que tudo isso significa eu não sei, mas há algum assunto secreto acontecendo nesta casa de melancolia, do qual, mais cedo ou mais tarde, alcançaremos o fim. Não vou perturbá-lo com minhas teorias, pois você me pediu que apenas lhe desse embasamento de fatos. Tive uma longa conversa com *sir* Henry esta manhã, e fizemos um plano de campanha fundamentado nas minhas observações de ontem à noite. Não vou falar sobre isso agora, mas devo fazer do meu próximo relatório uma leitura interessante.

Capítulo 9

• Segundo relatório do dr. Watson •

A LUZ SOBRE A CHARNECA
Baskerville Hall, 15 de outubro.

Meu caro Holmes:

Se fui obrigado a deixá-lo sem muitas notícias durante os primeiros dias da minha missão, você precisa reconhecer que o estou compensando pelo tempo perdido, e que os eventos agora abundam velozes sobre nós. No meu último relatório, acabei com minha nota mais importante: Barrymore na janela, e agora tenho um conjunto de fatos que irá, a menos que eu esteja muito enganado, surpreendê-lo consideravelmente. As coisas estão tomando um rumo que eu não poderia ter antecipado. De algumas formas, durante as últimas quarenta e oito horas, elas se tornaram muito mais claras e, de outras, se tornaram mais complicadas. Mas vou lhe contar tudo e você poderá julgar por si mesmo.

Antes do desjejum na manhã seguinte à minha aventura, peguei o corredor e examinei o quarto no qual Barrymore estivera na noite anterior. A janela ocidental pela qual ele fitara tão intensamente tem, eu notei, uma peculiaridade acima de todas as janelas na casa – ela dá de frente para a vista mais próxima da charneca. Há uma abertura entre duas árvores que permite à pessoa naquele ponto olhar diretamente para a charneca, enquanto de todas as outras janelas, apenas um vislumbre distante se pode obter. Segue-se, portanto, que Barrymore, dado que apenas essa janela serviria a seu propósito, devia estar olhando para algo ou alguém na charneca.

A noite estava muito escura, por isso não consigo imaginar como ele poderia ter esperanças de ver alguém. Pareceu-me que era possível que alguma intriga amorosa estivesse ocorrendo. Isso explicaria os movimentos furtivos e também as inquietações de sua esposa. O homem é um sujeito de aparência distinta, muito bem agraciado de atributos que poderiam roubar o coração de uma moça do interior, de forma que essa teoria tem algo para embasá-la. A abertura de porta que ouvi depois de ter voltado ao meu quarto poderia significar que ele havia saído para algum compromisso clandestino. Assim eu refleti comigo pela manhã e lhe digo a direção de minhas suspeitas, muito embora o resultado possa ter demonstrado que eram infundadas.

Mas seja lá qual for a verdadeira explicação dos movimentos de Barrymore, senti que a responsabilidade de os manter apenas para mim até que pudesse explicá-los foi mais do que eu poderia suportar. Eu tive uma entrevista com o baronete no escritório dele, depois do desjejum, e contei-lhe tudo o que tinha visto. Ele ficou menos surpreso do que eu esperava.

– Eu sabia que Barrymore perambulava durante a noite, e estava pensando em falar sobre isso – revelou ele. – Duas ou três vezes eu ouvi seus passos no corredor, indo e vindo, quase na hora que você diz.

– Talvez então ele visite aquela mesma janela todas as noites – eu sugeri.

• SEGUNDO RELATÓRIO DO DR. WATSON •

– Talvez ele o faça. Se assim for, nós devemos ser capazes de segui-lo e vermos atrás de que ele está. Pergunto-me o que seu amigo Holmes faria se estivesse aqui.

– Eu acredito que ele faria exatamente o que o senhor agora sugere – concluí. – Ele seguiria Barrymore para ver o que ele faria.

– Então, faremos isso juntos.

– Mas certamente ele nos ouviria.

– O homem é um pouco surdo, e, de qualquer forma, precisamos arriscar. Vamos ficar sentados no meu quarto esta noite e esperar até ele passar. – *Sir* Henry esfregou as mãos com prazer e foi evidente que ele agradecia a aventura como um alívio à sua vida um tanto pacata na charneca.

O baronete andou se comunicando com o arquiteto que preparou as plantas para *sir* Charles, e com um empreiteiro de Londres, assim, podemos esperar que grandes mudanças comecem aqui em breve. Houve decoradores e fornecedores de móveis vindos de Plymouth, e é evidente que nosso amigo tem grandes ideias, e meios de não economizar esforços ou gastos para restaurar a grandeza de sua família. Quando a casa estiver reformada e remobiliada, tudo o que ele precisará será uma esposa para completar. Cá entre nós, há sinais bastante claros de que isso não vai faltar se a dama estiver disposta, pois eu raramente vi um homem mais apaixonado por uma mulher do que ele está pela nossa linda vizinha, a srta. Stapleton. E ainda assim, o rio do amor verdadeiro não corre tão tranquilamente quanto se desejaria sob as circunstâncias que esperamos. Hoje, por exemplo, sua superfície foi maculada por uma grande e inesperada onda, que causou considerável perplexidade e irritação em nosso amigo.

Após a conversa que citei sobre Barrymore, *sir* Henry colocou o chapéu e se preparou para sair. Por uma questão estratégica, fiz o mesmo.

— O quê? *Você* vem, Watson? – ele perguntou, olhando para mim de uma forma curiosa.

— Isso depende de se você está indo para a charneca – disse eu.

— Sim, estou.

— Bem, você sabe quais são as minhas instruções. Desculpe-me intrometer, mas você ouviu falar no fervor com que Holmes insistiu que eu não devesse deixá-lo sozinho, e especialmente que não deveria sair sozinho para a charneca.

Sir Henry colocou a mão sobre os meus ombros com um sorriso agradável.

— Meu caro – disse ele –, Holmes, com toda a sua sabedoria, não previu algumas coisas que aconteceram desde que eu estive na charneca. Você me entende? Tenho certeza de que você é o último homem no mundo que desejaria ser um desmancha-prazeres. Devo sair sozinho.

Isso me deixou na posição mais desconfortável. Fiquei sem saber o que dizer e o que fazer e, antes de eu ter me decidido, ele pegou a bengala e se foi.

Mas quando parei para refletir essa questão, minha consciência me repreendeu amargamente por ter, segundo qualquer pretexto, permitido que ele saísse das minhas vistas. E imaginei quais seriam meus sentimentos se eu tivesse que voltar a você e confessar que algum infortúnio havia ocorrido por motivo da minha negligência pelas suas instruções. Garanto-lhe que minhas bochechas coraram só de pensar. Poderia ser que nem mesmo aquele momento fosse tarde demais para alcançá-lo, por isso parti na direção de Merripit House.

Corri ao longo da estrada, no máximo da minha velocidade, sem ver nada de *sir* Henry, até que cheguei ao ponto onde o caminho pela charneca se ramificava. Lá, temendo que talvez eu tivesse seguido pela direção errada, no fim das contas, subi uma colina de onde eu poderia ter um pouco mais de visão – a mesma colina recortada no barranco escuro. Dali eu o vi de imediato. Encontrava-se no caminho da charneca, cerca de uns quatrocentos metros, e havia uma moça ao lado dele que só poderia ser a srta. Stapleton. Era evidente que já havia um entendimento entre eles e que haviam se encontrado com hora marcada. Caminhavam devagar, em profundas conversas, e eu a notei fazer pequenos movimentos rápidos com as mãos, como se falasse muito francamente, enquanto ele ouvia com grande atenção, e, uma ou duas vezes, ele sacudiu a cabeça em forte desacordo. Fiquei entre as rochas observando-os, muito intrigado sobre o que deveria fazer em seguida. Segui-los e invadir sua conversa íntima parecia um ultraje, e, no entanto, meu claro dever era nunca, nem por um instante, deixá-lo fora da minha vista. Atuar como espião de um amigo era uma tarefa odiosa. Ainda assim, eu não via nenhum caminho melhor do que observá-lo da colina e, para limpar minha consciência, iria confessar-lhe depois sobre o meu feito. Era verdade que se algum perigo repentino o tivesse ameaçado, eu estaria longe demais para ser de alguma serventia; no entanto, eu tenho certeza de que você concordaria comigo que a posição era bem difícil, e que não havia nada mais que eu pudesse fazer.

Nosso amigo, *sir* Henry, e a moça tinham se detido no caminho e estavam parados, absortos profundamente em sua conversa, quando tomei uma consciência repentina de que eu não era a única testemunha de seu diálogo. Um rastro de verde flutuando no ar me chamou a atenção, e outro olhar mostrou-me que era preso a uma vara que um homem carregava, caminhando pelo terraço acidentado. Era Stapleton e sua rede de caçar borboletas.

Ele estava muito mais perto do par do que eu, e parecia estar se movendo na direção deles. Nesse instante, *sir* Henry de repente puxou a srta. Stapleton para seu lado. Seu braço estava ao redor dela, mas me pareceu que ela estava tentando se afastar, com o rosto virado para o outro lado. Ele inclinou a cabeça para ela, e ela ergueu a mão como se estivesse em protesto. No momento seguinte, eu os vi afastar-se bruscamente e se virar às pressas para olhar em volta. Stapleton era a causa da interrupção. Ele estava correndo em direção a eles, sua rede absurda balançando atrás. Ele gesticulava e quase dançava com emoção em frente aos amantes. O que a cena significava, eu não podia imaginar, mas me parecia que Stapleton estava injuriando *sir* Henry, que ofereceu explicações, as quais foram ficando mais e mais zangadas à medida que o outro se recusava a aceitá-las. A moça se manteve em silêncio altivo. Por fim, *sir* Henry girou nos calcanhares e acenou peremptoriamente para a donzela, que, depois de lançar um olhar irresoluto para *sir* Henry, saiu andando ao lado do irmão. Os gestos de raiva do naturalista mostravam que a moça estava inclusa em seu desagrado. O baronete ficou um minuto parado olhando-os se afastar, e depois voltou devagar pelo caminho pelo qual tinha vindo, cabeça baixa, a própria imagem da melancolia.

O que tudo isso significava, eu não podia imaginar, mas fiquei profundamente envergonhado de ter testemunhado uma cena tão íntima sem o conhecimento do meu amigo. Em seguida, corri colina abaixo e encontrei o baronete no sopé dela. Seu rosto estava corado de raiva, e as sobrancelhas estavam franzidas, aparentando alguém com os nervos à flor da pele e no limite de suas capacidades.

– Ora, Watson! De onde você apareceu? – questionou.
– Não vai me dizer que veio atrás de mim afinal de contas.

• SEGUNDO RELATÓRIO DO DR. WATSON •

Expliquei-lhe tudo: como eu percebera ser impossível ficar para trás, como eu o tinha seguido, e como eu havia testemunhado todo o acontecido.

Por um instante, seus olhos me fulminaram, mas minha franqueza desarmou sua raiva, e ele irrompeu, por fim, em uma gargalhada tristonha.

– Seria de pensar que o meio da pradaria fosse um lugar bastante seguro para um homem ter privacidade – supôs ele –, mas, com mil trovões, a zona rural inteira parece ter saído para me ver cortejar a dama; e cortejar muito mal, diga-se de passagem! Onde era seu assento de expectador?

– Eu estava naquela colina.

– Na fileira dos fundos, hein? Mas o irmão dela estava bem nos assentos dianteiros. – Você o viu ir em nossa direção?

– Sim, eu vi.

– Em algum momento ele lhe pareceu louco... esse irmão dela?

– Não posso dizer que ele tenha parecido, em algum momento.

– Ouso dizer que não. Sempre o considerei são o suficiente até o dia de hoje, mas tenha a minha palavra de que ou ele ou eu precisamos de uma camisa de força. Qual é o problema comigo, afinal? Você viveu perto de mim durante algumas semanas, Watson. Não use meias-palavras, já! Existe algo que me impediria de ser um bom marido para uma mulher que eu amo?

– Eu não diria que há.

– Ele não pode objetar à minha posição social no mundo, então deve ser algo contra a minha pessoa. O que ele tem contra mim? Que eu saiba, nunca feri homem ou mulher em toda a minha vida. E, ainda assim, ele não me deixa nem sequer tocar a ponta dos dedos dela.

– Ele falou isso?

– Isso e muito mais. Eu lhe digo, Watson, eu a conheço há apenas essas poucas semanas, mas desde o início, simplesmente senti que ela era feita para mim, e ela sente o mesmo. Ela estava feliz quando estava comigo, posso jurar. Existe uma luz nos olhos daquela mulher que fala mais alto do que as palavras. Mas ele nunca nos deixa juntos, e foi apenas hoje, pela primeira vez, que eu vi uma chance de ter algumas palavras com ela a sós. A senhorita ficou feliz em me ver, mas quando me encontrou não foi de amor que ela falou, e também não me deixava falar disso se pudesse impedir. Ela sempre retornava ao fato de que esse era um lugar de perigo, e que ela nunca seria feliz até que eu fosse embora. Eu lhe disse que, desde que a vira, não tinha pressa de ir embora, e que se ela realmente quisesse que eu partisse, a única forma era que desse um jeito de me acompanhar. Com isso, eu me ofereci, com todas as letras, para me casar com ela; mas antes que pudesse responder, lá veio aquele irmão, correndo em nossa direção com a cara de um louco. Ele estava simplesmente branco de raiva, e aqueles olhos que ele tem fulguravam de fúria. O que eu estava fazendo com a moça? Como eu ousava lhe oferecer atenções que ela considerava desagradáveis? Por acaso eu pensava que, por ser um baronete, eu podia fazer o que bem entendesse? Se ele não fosse o irmão dela, eu não teria pensado duas vezes em responder. Pela circunstância das coisas, eu lhe disse que meus sentimentos pela irmã dele eram tais que não me envergonhavam e que eu esperava que ela pudesse me honrar aceitando se tornar minha esposa. Isso não pareceu melhorar as coisas, então eu também perdi as estribeiras e lhe respondi de forma um tanto mais acalorada do que deveria, talvez, considerando que ela estava ali perto. A cena

• Segundo relatório do dr. Watson •

acabou com ele indo embora com ela, como você viu, e aqui estou eu, um homem tão confuso como qualquer outro desse interior. Apenas me diga o que isso significa, Watson, e eu lhe ficarei em débito, um que jamais serei capaz de pagar.

Tentei uma ou duas explicações, mas, de fato, eu mesmo estava completamente intrigado. O título de nosso amigo, sua fortuna, sua idade, seu caráter e sua aparência, tudo contribui a seu favor, e eu não sei de nada contra que não seja esse destino soturno que corre na família dele. Que seus avanços fossem rejeitados tão bruscamente sem nenhuma referência aos desejos da moça, e que a moça devesse aceitar a situação sem protesto, é muito espantoso. Entretanto, nossas conjecturas foram deixadas de lado por uma visita do próprio Stapleton, naquela mesma tarde. Ele veio para oferecer desculpas pela rispidez de sua reação naquela manhã e, depois de um longo diálogo particular com *sir* Henry no escritório, o desfecho da conversa foi que a cisão foi reparada, para todos os efeitos, e que iremos jantar em Merripit House na próxima sexta como sinal da reconciliação.

– Não digo agora que ele não seja um homem louco – comentou *sir* Henry. – Não posso esquecer o olhar que me dirigiu quando veio em minha direção nessa manhã. Mas devo conceder que nenhum homem pediu desculpas de forma mais elegante do que ele.

– Ele deu alguma explicação sobre sua conduta?

– A irmã é tudo na vida dele, segundo ele diz. Isso é bem natural, e eu fico feliz que ele entenda o valor que ela tem. Eles sempre estiveram juntos e, de acordo com seus relatos, ele sempre foi um homem muito solitário com apenas a irmã como companhia, de forma que o mero pensamento de perdê-la era terrível para ele. Ele não entendera, segundo disse, que eu estava me afeiçoando a ela, mas quando viu com os próprios olhos que esse era o caso, e que ela poderia ser levada dele, sentiu um choque tão grande que, por um tempo, não pôde responder pelos seus atos e por suas palavras. Ele lamenta muito por tudo o que aconteceu, e reconheceu o quanto foi tolo e egoísta da parte dele imaginar que pudesse segurar uma mulher bonita como a irmã para si pela vida toda. Se ela tivesse que deixá--lo, Stapleton iria preferir que fosse para um vizinho como eu, antes de qualquer outra pessoa. Mas, de qualquer forma, foi um golpe. Levaria algum tempo até estar pronto para enfrentar tal ideia. Ele disse que iria remover sua oposição se eu prometesse deixar o assunto sedimentar por três meses e me contentar em cultivar a amizade da moça durante esse tempo, sem exigir seu amor. Isso eu prometi, e assim o assunto está suspenso.

Portanto, um dos nossos pequenos mistérios foi esclarecido. É um grande feito ter encontrado o fim de alguma coisa neste brejo no qual estamos boiando à deriva. Sabemos por que Stapleton olhou com reservas para o pretendente da irmã; mesmo quando esse pretendente era um partido tão bom quanto *sir* Henry. E agora eu passo para outro assunto, um fio que desemaracei do novelo, o mistério do pranto à noite, da cara de choro da sra. Barrymore, da viagem secreta do mordomo para a janela trancada do lado oeste. Dê-me os parabéns, caro Holmes, e me diga que não o decepcionei como seu agente, que você não se arrepende da confiança que demonstrou por mim quando me enviou aqui. Todas essas coisas foram resolvidas por inteiro no trabalho de uma noite.

Eu disse "no trabalho de uma noite", mas, em verdade, foi o trabalho de duas noites, pois a primeira foi encerrada com resultados completamente nulos. Fiquei sentado com *sir* Henry nos aposentos dele até quase três da madrugada, mas não ouvimos nenhum tipo de som, exceto o bater do relógio no topo da escada. Foi a mais melancólica das vigílias, e acabou quando nós dois adormecemos sentados. Felizmente, não fomos desencorajados, e estávamos determinados a tentar mais uma vez. Na noite seguinte, diminuímos a iluminação e ficamos sentados fumando cigarros sem fazer o menor dos sons. Era incrível como as horas passavam devagar, como se arrastavam, e, mesmo assim, para enfrentá-las, tivemos ajuda do mesmo tipo de interesse paciente que o caçador deve sentir ao vigiar a armadilha na qual ele espera que a presa entre. Bateu a uma hora, bateram as duas, e quase nos entregamos pela segunda vez, ao desespero, quando, em dado instante, nós dois nos empertigamos nos assentos, com nossos sentidos cansados retomando o pleno alerta. Tínhamos ouvido o ranger de um passo no corredor.

Muito sorrateiramente, ouvimos os passos se distanciarem até o som morrer ao longe. Então o baronete abriu a porta com cuidado e nós partimos em perseguição. Nosso homem já havia dado a volta na galeria, e o corredor era todo escuridão. Sem fazer ruído, continuamos às escondidas até chegarmos à outra ala. Chegamos bem a tempo de vislumbrar a figura alta de barba negra, ombros curvados, caminhando na ponta dos pés pelo corredor. Depois, ele passou pela mesma porta de antes, e a luz da vela a emoldurou na escuridão e lançou um único feixe amarelado sobre a penumbra do corredor. Fomos apressadamente e com cautela em direção a ele, testando cada tábua do assoalho antes de nos atrevermos a colocar todo o peso do corpo sobre ela. Tínhamos tomado a precaução de deixar nossas botas atrás de nós, mas, mesmo assim, as tábuas velhas estalavam e rangiam sob o nosso passo. Às vezes, parecia impossível que ele não conseguisse ouvir a nossa aproximação. Entretanto, e felizmente, o homem era um tanto surdo e voltava toda a sua preocupação naquilo que estava fazendo. Quando, enfim, alcançamos a porta e espiamos do outro lado dela, encontramos o sujeito agachado ao pé da janela, vela na mão, seu semblante branco e intenso pressionado ao vidro, exatamente como eu o vira duas noites antes.

Não tínhamos arquitetado nenhum plano de campanha, mas o baronete é um homem para quem os modos mais diretos são sempre os mais naturais. Ele entrou no quarto e, ao fazê-lo, Barrymore correu de perto da janela com a respiração brusca e sibilante, e parou, trêmulo e lívido, diante de nós. Seus olhos escuros, arregalados na máscara branca de seu rosto, estavam cheios de horror e surpresa, ao encarar *sir* Henry e a mim.

– O que está fazendo aqui, Barrymore?

– Nada, senhor. – Sua agitação era tamanha que ele mal conseguia falar, e as sombras bruxuleavam para cima e para baixo, em resultado do tremer da vela. – Era a janela, senhor. Eu faço uma ronda noturna para ver se elas estão trancadas.

– No segundo andar?

– Sim, senhor, todas as janelas.

– Olhe aqui, Barrymore – disse *sir* Henry, em tom severo –, nós nos decidimos a conseguir a verdade de você, por isso, irá lhe economizar inconvenientes se nos contar tudo, o quanto antes. Pois muito bem! Sem mentiras! O que estava fazendo naquela janela?

O sujeito nos observava indefeso, e retorcia as mãos uma na outra como alguém já nos extremos da dúvida e do sofrimento.

– Eu não estava fazendo mal, senhor. Estava segurando uma vela na janela.

– E por que estava segurando uma vela na janela?

• Segundo relatório do dr. Watson •

– Não me pergunte, *sir* Henry... não me pergunte! Eu lhe dou minha palavra, senhor, o segredo não é meu e não posso contá-lo. Se não dissesse respeito a ninguém além de mim, eu não tentaria guardá-lo do senhor.

Uma ideia repentina me ocorreu, e eu peguei a vela da mão trêmula do mordomo.

– Ele devia estar segurando-a como um sinal – cogitei. – Vamos ver se há alguma resposta. – Segurei-a como ele havia segurado e fitei a escuridão da noite. Vagamente eu podia discernir a massa preta das árvores e a extensão mais clara da charneca, pois a Lua estava atrás das nuvens. E então, emiti um grito exultante, pois um minúsculo ponto de luz amarela de repente atravessou o manto escuro da noite e brilhou, persistente, no centro do quadrado preto emoldurado pela janela.

– Ali está! – exclamei.

– Não, não, senhor, não é nada... nadinha! – interveio o mordomo. – Eu lhe asseguro, senhor...

– Mova a luz de um lado para o outro na janela, Watson! – exclamou o baronete. – Veja, a outra também se move! Agora, seu velhaco, você nega que foi um sinal? Vamos, fale! Quem é seu confederado lá de fora, e de que se trata essa conspiração?

O rosto do homem se tornou abertamente desafiador.

– O assunto é meu, não do senhor. Não vou falar.

– Então está imediatamente encerrado o emprego dos seus serviços.

– Pois muito bem, senhor. O que é necessário é necessário.

– E vá em desgraça. Com mil trovões, devia ter vergonha de si. Sua família viveu com a minha por mais de cem anos debaixo deste teto, e aqui eu encontro você absorto em alguma trama sombria contra mim.

– Não, não, senhor, não é contra o senhor!

Era a voz de uma mulher; a sra. Barrymore, mais pálida e mais horrorizada do que o marido, estava parada na porta. Seu físico robusto de xale e saia teria sido cômico, não fosse pela intensidade do sentimento que transparecia em seu semblante.

– Temos que partir, Eliza. É o fim de tudo. Pode fazer suas malas – comunicou o mordomo.

– Oh, John, John, fui eu que causei tudo isso? A culpa é minha, *sir* Henry... toda minha. Ele não fez nada que não fosse por mim, e tudo porque eu lhe pedi.

– Então falem às claras! O que isso significa?

– Meu infeliz irmão está passando fome na charneca. Não podemos deixá-lo perecer às bordas nos nossos portões. A luz é um sinal para ele saber que a comida está pronta, e essa luz lá fora diz em que lugar ela deve ser levada.

– Então seu irmão é...

– O condenado fugitivo, senhor... Selden, o criminoso.

– Essa é a verdade, senhor – confirmou Barrymore. – Eu disse que o segredo não era meu e que eu não poderia contar. Mas agora o senhor ouviu e verá que, se havia um plano em andamento, não era contra o senhor.

Essa, então, foi a explicação das furtivas expedições à noite e da luz na janela. Tanto *sir* Henry quanto eu fitamos a mulher com espanto. Era possível que essa pessoa solidamente respeitável fosse do mesmo sangue que um dos criminosos mais notórios do país?

– Sim, senhor, meu sobrenome era Selden e ele é meu irmão mais novo. Nós o mimamos demais quando ele era garoto e lhe deixamos fazer sua própria vontade em todos os aspectos, até que ele passou a achar que o mundo todo era feito para seu bel-prazer, e que ele podia fazer como quisesse nele. Então, quando cresceu e conheceu perversas companhias, o mal entrou nele de tal forma que deixou minha mãe de coração partido, e jogou nosso nome na lama. De crime em crime, ele chegou cada vez mais baixo, até encontrar a misericórdia de Deus, que o apanhou do cadafalso; mas para mim, senhor, ele sempre foi o garotinho de cabelos encaracolados que eu alimentei e com quem brinquei, do jeito que uma irmã mais velha faria. Foi por isso que ele escapou da prisão, senhor. Ele sabia que eu estava aqui e que não poderia me recusar a ajudá-lo. Quando ele se arrastou para cá certa noite, cansado e faminto, com os carcereiros em seus calcanhares, o que poderíamos fazer? Nós o abrigamos, alimentamos e cuidamos dele. Então o senhor retornou, e meu irmão pensou que estaria mais seguro na charneca do que em qualquer outro lugar, até o falatório do povo acabar, então ele ficou escondido aqui. Porém, noite sim, noite não, nós nos certificávamos que ele ainda estivesse ali, colocando uma luz na janela, e se houvesse uma resposta, meu marido levava pão e carne para ele. Todos os dias nós alimentávamos esperanças de que ele tivesse partido, mas enquanto ele continuasse aqui, não poderíamos abandoná-lo. Essa é toda a verdade, tão verdade quanto sou uma cristã honesta, e o senhor verá que, se houver culpa nisso, não recai sobre o meu marido, mas sobre mim, pois foi por minha causa que ele fez tudo o que fez.

As palavras da mulher vieram com uma enorme sinceridade e carregando culpa consigo.

– Isso é verdade, Barrymore?

– Sim, *sir* Henry. Cada palavra.

– Bem, não posso culpá-lo por ficar ao lado de sua esposa. Esqueça o que eu disse. Voltem para o seu quarto, vocês dois, e vamos conversar melhor sobre esse assunto pela manhã.

Depois que eles partiram, nós dois olhamos pela janela novamente. *Sir* Henry a havia escancarado, e o vento frio da noite fustigava nosso rosto. Muito ao longe, no negror da distância, ainda brilhava um pontinho minúsculo de luz amarela.

– Espanta-me o destemor – confidenciou *sir* Henry.
– Deve ter sido posicionada assim para ficar visível daqui.
– Muito provável. A que distância você acha que está?
– Acho que perto do Cleft Tor.
– Não mais do que uns dois ou três quilômetros daqui.
– Até menos.
– Bem, não pode ser longe se Barrymore tem que carregar a comida até lá. E ele está esperando, esse vilão, ao lado da vela. Com mil trovões, Watson, vou lá pegar aquele homem!

O mesmo pensamento cruzou minha mente. Também não era como se os Barrymore estivessem confiando em nós. O segredo tinha sido arrancado deles. O homem era um perigo para a comunidade, um patife desavergonhado de quem não se podia ter nem pena, nem encontrar desculpas. Só estávamos cumprindo nosso dever em aceitar essa chance de colocá-lo onde ele não poderia causar mal algum. Com sua natureza brutal e violenta, outros acabariam pagando o preço se nós lavássemos nossas mãos. Qualquer noite, por exemplo, nossos vizinhos, os Stapleton, poderiam ser atacados por ele, e era esse pensamento que deixava *sir* Henry tão propenso à aventura.

– Eu irei – avisei.
– Então pegue seu revólver e calce as botas. Quanto mais rápido começarmos, melhor, pois o sujeito pode apagar a vela e se mandar.

Em cinco minutos estávamos porta afora, dando início à nossa expedição. Seguimos às pressas pelos arbustos escuros, entre os gemidos abafados do vento de outono e o farfalhar das folhas caídas. O ar noturno era pesado com o odor de umidade e podridão. Mais de uma vez, a Lua espiou por um instante, mas as nuvens estavam encobrindo a face do céu, e, assim que saímos na charneca, uma chuva leve começou a cair. A luz ainda ardia, constante, adiante.

– Você está armado? – perguntei.

– Tenho um pequeno chicote de caça.

– Temos que fechar o cerco sobre ele às pressas, pois dizem que é um sujeito desesperado. Temos que pegá-lo de surpresa e tê-lo à nossa mercê antes de que ele possa resistir.

– Gostaria de saber, Watson – falou o baronete –, o que Holmes diria a respeito disso. E quanto àquela hora de escuridão na qual o poder do mal se exalta?

Como se em resposta às suas palavras, de repente, ergueu-se da vastidão melancólica da charneca um grito estranho que eu já tinha ouvido nos limites do grande brejo Grimpen. Veio com o vento através do silêncio da noite, um longo e profundo murmúrio; depois, um uivo crescente e então o triste gemido com o qual ele morreu. De novo e de novo aquilo soou, o ar todo pulsava com esse som, estridente, selvagem, ameaçador. O baronete pegou minha manga e seu rosto reluziu em branco através da escuridão.

– Meu Deus, o que é isso, Watson?

– Não sei. É um som que se ouve na charneca. Já ouvi uma vez antes.

E então morreu. Um absoluto silêncio se fechou sobre nós. Ficamos ali de ouvidos apurados, mas nada veio.

– Watson – disse o baronete –, é o uivo de um cão.

Meu sangue esfriou nas veias, pois houve uma falha em sua voz que falava do horror repentino que lhe tinha acometido.

– Como eles chamam esse som? – questionou ele.

– Quem?

– A população do interior.

– Ah, mas são pessoas ignorantes. Por que você se importaria com o nome que elas dão?

– Diga-me, Watson. O que falam disso?

Hesitei, mas não pude fugir da pergunta.

– Os camponeses dizem que é o uivo do Cão dos Baskerville.

Ele gemeu e ficou em silêncio por alguns momentos.

– Um cão era – ele falou, por fim –, mas me pareceu vir de quilômetros daqui, lá de longe, eu acho.

– Era difícil dizer de onde vinha.

– Aumentava e diminuía com o vento. O grande brejo Grimpen não fica naquela direção?

– Sim, fica.

– Bem, foi dali. Seja sincero agora, Watson, você não pensou que fosse o uivo de um cão? Não sou criança. Não precisa ter medo de me falar a verdade.

– Stapleton estava comigo quando ouvi pela última vez. Ele disse que poderia ser o grito de uma estranha ave.

– Não, não, era um cão. Meu Deus, será possível que haja alguma verdade em todas essas histórias? É possível que uma causa tão nefasta realmente esteja me colocando em perigo? Você não acredita, acredita, Watson?

– Não, não.

– E ainda assim, uma coisa era dar risada disso em Londres, mas é outra estar aqui fora, na escuridão da charneca, e ouvir um grito como esse. E meu tio! Quando estava lá deitado no chão, havia a pegada do cão ao lado dele. Tudo se encaixa. Não acho que eu seja um covarde, Watson, mas esse som parece congelar meu sangue. Sinta minha mão!

Estava fria como um bloco de mármore.

– Você vai estar bem amanhã.

– Não creio que eu vá tirar esse grito da minha cabeça. O que sugere que façamos agora?

– Devemos voltar?

– Não, com mil trovões; precisamos sair e pegar nosso homem, e é isso o que vamos fazer. Nós atrás de um condenado, e um cão infernal, quer queira ou quer não, atrás de nós. Ora! Vamos chegar ao cerne desse assunto nem que todos os demônios do inferno estivessem à solta na charneca.

Prosseguimos aos trancos e barrancos pela escuridão, com o vulto negro das montanhas irregulares ao nosso redor, e o ponto de luz amarela ainda ardendo, constante, em frente. Não existe nada tão enganador como a distância da luz sobre o negror de uma noite e, às vezes, a luminosidade parecia estar longe como se no horizonte, e, às vezes, parecia estar a alguns metros de nós. Mas, finalmente, pudemos ver de onde ela vinha, e então soubemos que estávamos, de fato, muito perto. Uma vela cuja parafina havia escorrido pelos lados estava enfiada em uma fenda nas rochas que a flanqueavam de cada lado como se para impedir o vento de chegar até ela, e também para que não fosse vista, exceto na direção de Baskerville Hall. Um rochedo de granito ocultava nossa aproximação, e, agachados atrás dele, miramos o olhar para o sinal de luz. Era estranho ver essa única vela queimando ali no meio da charneca, sem sinal nenhum de vida perto dela – apenas uma chama amarela reta e o brilho da rocha de cada lado.

– O que devemos fazer agora? – sussurrou *sir* Henry.

– Espere aqui. Devemos estar próximos da luz dele. Vamos ver se podemos ter um vislumbre.

As palavras mal saíram da minha boca quando nós dois o avistamos. Sobre as rochas, na fenda na qual a vela queimava, projetou-se uma cara feia e amarela, uma cara animalesca terrível, toda cerzida e marcada com paixões maléficas. Suja de lama, com uma barba eriçada e com cabelos opacos e emaranhados, aquela cabeça poderia muito bem pertencer a um daqueles velhos selvagens que habitavam os refúgios nas encostas das colinas. A luz abaixo dele era refletida em seus pequenos olhos astutos, que espiavam intensamente para a direita e para a esquerda através da escuridão, como um animal engenhoso e selvagem que acabava de ouvir os passos dos caçadores.

Algo evidentemente havia despertado suas suspeitas. Poderia ser que Barrymore mandasse algum sinal particular que nós não havíamos dado, ou que o sujeito pudesse ter alguma outra razão para pensar que nem tudo estava sob controle, mas eu lia seus medos sobre o rosto perverso. A qualquer instante, ele poderia apagar a luz e desaparecer na escuridão. Disparei correndo adiante, portanto, e *sir* Henry seguiu meus passos. No mesmo momento, o condenado praguejou alto contra nós e lançou uma rocha que se espatifou no rochedo que nos abrigara. Tive uma visão de seu corpo baixo, atarracado e robusto quando ele se levantou de um salto e se virou para fugir correndo. No mesmo instante, por um golpe de sorte, a Lua irrompeu de entre as nuvens. Corremos para a crista da colina e ali estava nosso homem, correndo em grande velocidade pelo outro lado, sobre as pedras de seu caminho com a destreza de um bode das montanhas. Um disparo longo e sortudo do meu revólver poderia tê-lo aleijado, mas eu trouxera a arma apenas para me defender se fosse atacado, e não para alvejar um homem desarmado em fuga.

• Segundo relatório do dr. Watson •

Ambos éramos corredores ágeis e em estado decente de treinamento, mas logo descobrimos que não tínhamos chance de alcançá-lo. Nós o vimos por um longo tempo ao luar até que ele fosse meramente um pontinho se movendo veloz entre os rochedos na encosta de uma colina distante. Corremos e corremos até estarmos exaustos por completo, mas a distância entre nós só fazia crescer. Finalmente, paramos e nos sentamos, ofegantes, entre duas rochas, observando-o desaparecer ao longe.

E foi nesse momento que ocorreu a coisa mais estranha e inesperada. Tínhamos nos levantado da pedra e estávamos nos virando para voltar para casa, depois de termos abandonado a perseguição infrutífera. A Lua estava baixa à direita, e o outeiro serrilhado de granito se erguia contra a curva inferior de seu disco prateado. Ali, delineado em tom preto como o de uma estátua de ébano sobre aquele fundo luminoso, eu vi a figura de um homem sobre o pináculo. Não creio que fosse uma ilusão, Holmes. Eu lhe garanto que nunca na minha vida eu vi nada com maior clareza. Até onde eu poderia julgar, a figura era a de um homem alto e magro. Ele estava parado com as pernas um pouco separadas, os braços abertos, a cabeça baixa, como se meditasse sobre aquela enorme terra selvagem de turfa e granito que estava diante dele. Ele poderia ser o próprio espírito daquele lugar terrível. Não era o condenado. Esse homem estava longe do lugar onde o outro tinha desaparecido. Além do mais, era um homem muito mais alto. Com um grito de surpresa, eu apontei-o para o baronete, mas no instante em que me virei para agarrar seu braço, aquele homem tinha desaparecido. Havia o afiado pináculo de granito ainda cortando a porção inferior da Lua, mas o pico não tinha vestígios daquela figura silenciosa e imóvel.

Desejei ir naquela direção e fazer uma busca no pico, mas ficava a alguma distância de onde eu me encontrava. Os nervos do baronete ainda estavam trêmulos por causa daquele uivo, que o lembrava da história de sua família, e ele não estava no espírito de novas aventuras. Ele não tinha visto o homem solitário sobre o pináculo e não podia sentir o arrepio que a presença estranha e a atitude autoritária haviam provocado em mim.

– Um carcereiro, sem dúvida – disse ele. – A charneca está repleta deles desde que o sujeito fugiu.

Bem, talvez a explicação pudesse ser a certa, mas eu precisaria ter mais provas. Hoje pretendemos comunicar ao povo de Princetown onde eles devem procurar pelo homem desaparecido, mas é uma pena que não tenhamos tido o triunfo de trazê-lo como nosso prisioneiro. Tais foram as aventuras da ontem à noite, e você deve reconhecer, meu caro Holmes, que eu lhe atendo muito bem em matéria de relato. Muito do que digo é, sem dúvida, bastante irrelevante; mas, apesar disso, eu sinto que é melhor que eu possa lhe fornecer todos os fatos e deixar que você mesmo selecione aqueles que lhe serão de maior serventia nas conclusões. Certamente estamos fazendo progresso. No que diz respeito aos Barrymore, descobrimos o motivo de suas ações, e isso clareou bastante a situação. Quanto à charneca, seus mistérios e seus estranhos habitantes, esses permanecem tão inescrutáveis como outrora. Talvez, na minha próxima missiva, eu consiga projetar um pouco de luz sobre isso também. O melhor de tudo seria se pudesse vir até nós. De qualquer modo, você terá notícias minhas novamente no transcurso dos próximos dias.

Capítulo 10

• Excerto do diário do dr. Watson •

Até o momento, pude citar os relatórios que despachei ao longo daqueles primeiros dias para Sherlock Holmes. Agora, no entanto, cheguei ao ponto da minha narrativa em que sou compelido a abandonar esse método e confiar uma vez mais nas minhas lembranças, ajudado pelo diário que mantenho comigo o tempo todo. Alguns poucos excertos deste diário me levarão aos cenários inegavelmente fixados em cada detalhe da minha memória. Prossigo, então, para a manhã que se seguiu à nossa abortada busca ao condenado e às nossas outras experiências estranhas na charneca.

16 DE OUTUBRO. – Um dia sem graça e enevoado de garoa fininha. A casa está cercada pelas nuvens em movimento que se erguem agora, e depois mostram as curvas lúgubres da charneca, com veias finas e prateadas sobre as encostas das colinas, e os rochedos distantes reluzindo onde a luz atinge suas faces. Está tão melancólico dentro como fora de casa. O baronete demonstra uma reação negra depois das agitações da noite. Eu mesmo tenho consciência de um peso no meu coração e de um sentimento de perigo iminente – um perigo sempre presente que é mais terrível porque sou incapaz de defini-lo.

E não tenho motivo para tal sentimento? Considere toda a longa sequência de incidentes que apontam para alguma força sinistra operando ao nosso redor. Há a morte do último ocupante de Baskerville Hall, que preenche tão exatamente as condições da lenda da família, e há os repetidos relatos dos camponeses sobre a aparição de uma estranha criatura na charneca. Duas vezes ouvi com meus próprios ouvidos o som que se parecia com o uivo distante de um cão. É inacreditável, impossível, que ele deva mesmo residir em lugar alheio às leis ordinárias da natureza. Um cão espectral que deixa pegadas materiais e enche o ar com seus uivos decerto é algo absurdo. Stapleton pode cair em uma superstição como essa, e Mortimer, idem; mas se tenho uma qualidade na terra, é o bom senso, e nada vai me persuadir a acreditar em algo assim. Fazê-lo seria descer ao nível desses pobres camponeses, que não se contentam com um mero cachorro monstruoso e precisam descrevê-lo com um fogo do inferno exalando de sua boca e de seus olhos. Holmes não daria ouvidos a tais fantasias e eu sou seu agente. Mas fatos são fatos, e eu já ouvi o grito na charneca duas vezes. Imagino que pudesse ser algum cão enorme à solta por aí; faria um bom trabalho em explicar tudo. Mas onde um cão como esse poderia se esconder, onde conseguiria sua comida, de onde ele vinha, como era possível que ninguém o visse durante o dia? Devo confessar que a explicação natural oferece quase tantas dificuldades quanto a outra. E sempre, deixando de lado o cão, há o fato da participação humana em Londres, o homem no coche, e a carta que alertava *sir* Henry contra a charneca. Esta pelo menos era real, mas poderia ser o trabalho de um amigo

• Excerto do diário do dr. Watson •

protetor com a mesma facilidade com que poderia ser de um inimigo. Onde está esse amigo ou inimigo agora? Será que permaneceu em Londres, ou nos seguiu até aqui? É possível que ele... é possível que ele seja o estranho que eu vi no pináculo?

É verdade que só lhe lancei um olhar, e, mesmo assim, há algumas coisas que estou pronto para jurar. Ele não é ninguém que eu vi por aqui, e agora já conheci todos os vizinhos. O homem era muito mais alto do que Stapleton, muito mais magro do que Frankland. Poderia ter sido Barrymore, mas tínhamos deixado o homem para trás e eu tenho certeza de que ele não poderia ter nos seguido. Um estranho, portanto, ainda nos persegue, assim como um estranho nos perseguiu em Londres. Nunca nos livramos dele. Se eu pudesse pôr minhas mãos naquele homem, finalmente, poderíamos nos encontrar no fim de todas as nossas dificuldades. A esse propósito, agora devo concentrar todas as minhas energias.

Meu primeiro impulso foi contar meus planos a *sir* Henry. O segundo, e mais sensato, é jogar meu próprio jogo e falar o menos possível com todos. O baronete é silencioso e desatento. Seus nervos têm andado estranhamente abalados por aquele som na charneca. Não vou falar nada que contribua com as ansiedades dele, mas vou dar meus próprios passos para cuidar dos meus próprios objetivos.

Tivemos uma pequena cena hoje de manhã após o desjejum. Barrymore pediu licença para falar com *sir* Henry e eles ficaram fechados dentro do gabinete por não muito tempo. Sentado na sala de bilhar, mais de uma vez ouvi o som de vozes elevando-se, por isso tive uma boa ideia do assunto sob discussão. Depois de algum tempo, o baronete abriu a porta e chamou por mim.

— Barrymore considera que tem uma queixa — iniciou *sir* Henry. — Ele pensa que foi injusto da nossa parte perseguir seu cunhado, quando ele, por livre e espontânea vontade, havia nos contado seu segredo.

O mordomo estava diante de nós, muito pálido, mas bastante composto.

— Posso ter falado de modo acalorado demais, senhor — disse ele —, e se eu o fiz, decerto que peço encarecidas desculpas. Ao mesmo tempo, fiquei muito surpreso quando ouvi os senhores voltarem hoje de manhã e fiquei sabendo que tinham saído para perseguir Selden. O pobre coitado já tem o suficiente com quem lutar sem eu precisar colocar mais peso em seu fardo.

— Se tivesse nos contado por livre e espontânea vontade, a questão teria sido diferente — elucidou o baronete. — Porém, você só nos contou, isto é, sua esposa nos contou, quando a informação foi arrancada e você não pôde mais evitar.

— Não achei que o senhor tiraria vantagem disso, *sir* Henry; de fato, não achei.

— O homem é um perigo para a sociedade. Há casas solitárias espalhadas sobre a charneca, e ele é um sujeito que não se apega a nada. Basta olhar o rosto dele para enxergar isso. Olhe a casa do sr. Stapleton, por exemplo, sem ninguém a não ser ele mesmo para defendê-la. Não há segurança para ninguém até esse homem estar trancafiado atrás das grades.

— Ele não vai invadir casa nenhuma, senhor. Dou-lhe minha palavra solene quanto a isso. Ele nunca mais vai perturbar ninguém neste país novamente. Garanto-lhe, *sir* Henry, que em alguns dias, os preparativos necessários serão feitos e ele estará a caminho da América do Sul. Pelo amor de Deus, senhor, eu imploro que não deixe a polícia saber que ele ainda está na

• Excerto do diário do dr. Watson •

charneca. Eles desistiram da perseguição por lá, e ele pode ficar às escondidas até o navio estar pronto para ele. O senhor não pode entregá-lo sem colocar minha esposa e eu em problemas. Eu imploro, senhor, não diga nada à polícia.
– O que diz, Watson?
Encolhi os ombros.
– Se ele estivesse em segurança fora do país, tiraria um fardo dos ombros dos contribuintes honestos.
– Mas e quanto à chance de ele roubar alguém antes de ir?
– Ele não faria nada tão louco, senhor. Já fornecemos tudo o que ele possa querer. Cometer um crime seria mostrar onde ele está escondido.
– Isso é verdade – confessou *sir* Henry. – Bem, Barrymore...
– Deus o abençoe, senhor, e obrigado do fundo do meu coração. Teria matado a minha pobre esposa se ele fosse pego novamente.
– Suponho que estamos ajudando e instigando um crime, Watson, não acha? Porém, depois do que ouvimos, eu não sinto como se pudesse entregar o homem, então eis um fim para essa questão. Tudo bem, Barrymore, pode ir.
Com algumas palavras entrecortadas de gratidão, o homem deu meia-volta, porém hesitou e então voltou.
– Foi tão gentil conosco, senhor, que eu deveria querer fazer o meu melhor para retribuir. Sei de uma coisa, *sir* Henry, e talvez eu devesse ter dito antes, mas foi muito tempo depois do inquérito que eu descobri. Nunca nem sequer sussurrei uma palavra disso para algum homem mortal. É sobre a morte do pobre *sir* Charles.
O baronete e eu já estávamos em pé.
– Você sabe como ele morreu?

– Não, senhor, isso eu não sei.
– Então o quê?
– Eu sei por que ele estava no portão àquela hora. Ele iria se encontrar com uma mulher.
– Se encontrar com uma mulher! Ele?
– Sim, senhor.
– E o nome dessa mulher?
– Não posso dar o nome, senhor, mas posso dar as iniciais. As iniciais dela eram L. L.
– Como sabe disso, Barrymore?
– Pois bem, *sir* Henry, seu tio recebeu uma carta naquela manhã. Normalmente ele recebia uma infinidade de cartas, pois era um homem público e muito conhecido pelo coração bondoso, de forma que todos os que estavam em apuros ficavam contentes em recorrer a ele. Contudo, naquela manhã, por um acaso, chegou só uma única carta, por isso prestei mais atenção nela. Vinha de Coombe Tracey, endereçada pela mão de uma mulher.
– E então?
– Pois bem, senhor, não pensei mais nesse assunto, e nunca teria pensado se não fosse pela minha esposa. Apenas algumas semanas atrás, ela estava limpando o gabinete de *sir* Charles, que nunca havia sido tocado desde a morte dele, e encontrou as cinzas de uma carta queimada no fundo da lareira. A maior parte estava chamuscada e feita em pedaços, mas um pequeno fragmento, o pé da página, continuava íntegro, e a caligrafia ainda podia ser lida, embora fosse cinza sobre o fundo preto. Pareceu-nos ser um *post-scriptum* no fim da carta, e dizia: "Por favor, por favor, como sei que é um cavalheiro, queime esta carta e esteja no portão às dez". Abaixo disso, estavam assinadas as iniciais L. L.

• Excerto do diário do dr. Watson •

– Você tem esse fragmento?
– Não, senhor, ele se despedaçou depois que mexemos nele.
– *Sir* Charles recebeu alguma outra carta na mesma caligrafia?
– Bem, senhor, eu não prestava atenção especial às cartas dele. Não teria notado essa também, mas calhou de ter chegado sozinha.
– E você não faz ideia de quem é L. L.?
– Não, senhor. Não mais do que o senhor. Mas espero que, se pudermos colocar as mãos nessa mulher, podemos saber mais sobre a morte de *sir* Charles.
– Não entendo, Barrymore, como você pôde pensar em ocultar essa informação importante.
– Bem, senhor, foi imediatamente depois disso que o nosso próprio problema chegou a nós. E, por outro lado, senhor, nós dois éramos muito afeiçoados a *sir* Charles, e levávamos em consideração tudo o que ele tinha feito por nós. Revirar esse assunto não poderia ajudar nosso pobre senhor, e deve-se prosseguir com cautela quando há uma dama envolvida no caso. Até mesmo o melhor de nós...
– Você achou que pudesse ferir a reputação dele?
– Bem, senhor, achei que nenhum bem pudesse advir daquilo. Mas agora o senhor foi bondoso conosco, e eu sinto como se lhe tivesse cometido uma injustiça em não contar tudo o que eu sei sobre o caso.
– Muito bem, Barrymore; você pode ir. – Quando o mordomo nos deixou, *sir* Henry voltou-se para mim. – Bem, Watson, o que pensa você dessa nova luz?
– Parece deixar a escuridão um tanto mais escura do que antes.
– É o que eu penso. Mas se ao menos pudermos rastrear L. L., o assunto todo deverá ser esclarecido. Já chegamos até

aqui. Sabemos que há alguém de posse dos fatos. Só precisamos encontrá-la. O que acha que devemos fazer?

– Informar Holmes de tudo isso imediatamente. Vou entregar a pista que ele estava procurando. Ou estou muito enganado, ou isso vai trazê-lo para cá.

Fui de imediato para o meu quarto e fiz meu relatório sobre a conversa daquela manhã para Holmes. Era evidente para mim que ele andava muito ocupado ultimamente, pois as notas que eu recebia de Baker Street eram poucas e curtas, sem comentários sobre a informação que eu havia fornecido e quase sem referência alguma à minha missão. Sem dúvida, o caso de chantagem estava absorvendo todas as suas faculdades mentais. E, ainda assim, um novo fator deveria certamente arrebatar sua atenção e renovar seu interesse. Queria que ele estivesse aqui.

17 DE OUTUBRO. – Hoje a chuva caiu forte o dia todo, farfalhando as heras e pingando nos beirais. Pensei no condenado naquela fria e desolada charneca, onde não havia abrigo. Pobre coitado! A despeito de quais fossem seus crimes, ele já havia sofrido poucas e boas para compensar por eles. E depois eu pensei naquele outro sujeito – a face no cabriolé, a figura recortada contra a Lua. Será que ele também estava lá fora naquele dilúvio, o vigia que ninguém vê, o homem da escuridão? Quando já estava escuro, vesti meu impermeável e caminhei longe sobre a charneca ensopada, cheia de vultos sombrios, a chuva fustigando meu rosto, e o vento uivando nos meus ouvidos. Que Deus ajude os que andam pelo grande brejo numa hora dessas, pois até mesmo as mais altas terras firmes estão se tornando um atoleiro. Encontrei o negro outeiro onde eu vira o vigia solitário, e, de seu pico serrilhado, olhei para as

• Excerto do diário do dr. Watson •

planícies melancólicas. Rajadas de tempestade espalhavam-se pela face castanho-avermelhada, e as nuvens pesadas, cor de ardósia, suspendiam-se baixas sobre a paisagem, arrastando-se em grinaldas cinzentas pelas encostas das fantásticas colinas. No vale distante à esquerda, meio escondido pela bruma, as duas torres finas de Baskerville Hall erguiam-se sobre as árvores. Eram os únicos sinais de vida humana que eu podia ver, exceto apenas as muitas cabanas pré-históricas, espalhadas nos flancos das colinas. Em parte alguma havia qualquer traço daquele homem solitário que eu vira no mesmo lugar duas noites antes.

No caminho de volta, deparei-me com o dr. Mortimer, conduzindo seu docar sobre uma trilha irregular de charneca, que levava para a casa de Foulmire, nos arredores. Ele sempre tinha sido muito atencioso conosco e quase não terminou um dia em que ele não fosse fazer uma visita em Baskerville Hall para ver como estávamos passando. Ele insistiu para que eu subisse no docar e me deu uma carona em direção à casa. Encontrei-o muito perturbado devido ao desaparecimento de seu pequeno *spaniel*. O cachorro havia saído andando pela charneca, mas nunca voltou. Dei-lhe o consolo que estava ao meu alcance, mas pensei no animal perdido no brejo Grimpen, e eu não acho que ele o verá outra vez.

– Diga-se de passagem, Mortimer – falei, ao sacolejarmos pela estrada acidentada –, acho que há poucas pessoas aqui nas redondezas que você não conhece, sim?

– Quase nenhuma, eu acho.

– Pode então me dizer o nome de alguma mulher cujas iniciais são L. L.?

Ele pensou por alguns minutos.

— Não — respondeu. — Há alguns ciganos e trabalhadores de quem não posso falar, mas entre os fazendeiros ou a aristocracia não há ninguém cujas iniciais sejam essas. Espere um pouco, porém — ele acrescentou após uma pausa. — Há Laura Lyons, cujas iniciais são L. L., mas ela vive em Coombe Tracey.
— Quem é ela? — perguntei.
— É filha de Frankland.
— O quê? Do velho Frankland ranzinza?
— Exatamente. Ela se casou com um artista de nome Lyons, que veio fazer desenhos na charneca. Ele se provou um canalha e a abandonou. A culpa, pelo que ouvi, pode não pertencer a apenas um dos lados. O pai dela se recusou a ter qualquer coisa a ver com a filha, porque ela se casou sem o consentimento dele, e, talvez, por uma ou duas outras razões também. Portanto, entre o velho pecador e o jovem pecador, a moça passou por maus bocados.
— Como ela vive?
— Imagino que o velho Frankland lhe dá uma mesada, mas não pode ser mais do que uma ninharia, pois os próprios negócios dele são consideravelmente pequenos. Seja lá o que ela tenha merecido, não se pode permitir que fique de todo desprotegida. A história dela se espalhou, e várias pessoas aqui fizeram algo para ajudá-la a ganhar a vida honestamente. Stapleton fez sua parte, e *sir* Charles também. Eu dei minha pequena contribuição. Eu ia arranjar para ela um emprego de datilógrafa.

Ele queria saber o objeto das minhas perguntas, mas eu consegui satisfazer sua curiosidade sem lhe contar muito, pois não há razão para devermos confiar em ninguém a respeito dos nossos assuntos. Amanhã cedo vou encontrar meu caminho para Coombe Tracey e se puder ver essa sra. Laura Lyons, de reputação duvidosa, um longo passo terá sido feito

• Excerto do diário do dr. Watson •

no sentido de esclarecer um incidente nesta corrente de mistérios. Certamente estou desenvolvendo a sabedoria da serpente, pois quando Mortimer me pressionou com suas perguntas a ponto de se tornar inconveniente, eu lhe perguntei com jeito casual que tipo de crânio tinha Frankland, de modo que não ouvi nada além de craniologia pelo resto da nossa viagem. Não vivi anos com Sherlock Holmes em vão.

Só tenho mais um incidente para registrar nesse tempestuoso e melancólico dia. Esta foi a minha conversa com Barrymore agorinha há pouco, o que me dá mais uma carta forte que posso jogar no devido momento.

Mortimer ficou para o jantar, e ele e o baronete jogaram carteado depois. O mordomo me trouxe café na biblioteca, e aproveitei minha chance para lhe fazer algumas perguntas.

– Bem – disse eu –, aquele parente precioso de vocês por acaso partiu, ou ainda está à espreita lá ao longe?

– Não sei, senhor. Peço aos céus que ele tenha ido embora, pois não me trouxe nada além de problemas aqui! Não ouço falar dele desde que saí para levar sua comida da última vez, e isso já foi há três dias.

– Você o viu naquela noite?

– Não, senhor, mas a comida tinha desaparecido quando passei de novo por lá.

– Então é certo que ele estava lá?

– Seria de se pensar, senhor, a menos que o outro homem tenha pegado. – Fiquei sentado com a xícara de café a meio caminho dos lábios, fitando Barrymore.

– Você sabe então que há outro homem?

– Sim, senhor; há outro homem na charneca.

– Você o viu?

– Não, senhor.

– Como sabe dele, então?

– Selden me falou sobre ele, senhor, uma semana atrás ou mais. Ele também está escondido, mas não é um foragido, até onde eu sei. Não gosto disso, dr. Watson... Vou ser franco, senhor, digo que não gosto disso. – Ele falou com uma repentina paixão proveniente da sinceridade.

– Agora, ouça-me, Barrymore! Não tenho interesse nesse assunto mais do que o seu senhor. Não vim até aqui com outro objetivo que não fosse ajudá-lo. Fale-me com franqueza, o que exatamente você não gosta.

Barrymore hesitou por um momento, como se arrependido do arroubo de honestidade, ou achou difícil expressar seus próprios sentimentos em palavras.

– São todos esses acontecimentos, senhor – ele exclamou enfim, acenando na direção da janela fustigada pela chuva, que dava de frente para a charneca. – Há coisas muito erradas em algum lugar, e há uma vilania maléfica sendo tramada; isso eu juro! Muito contente eu ficaria, senhor, de ver *sir* Henry pegar o caminho de Londres outra vez!

– Mas o que é que o alarma?

– Veja só a morte de *sir* Charles! Já foi ruim o bastante, por tudo o que o legista falou. Olhe só os barulhos que ecoam da charneca à noite. Não há um homem que se atreva a cruzá-la depois que o Sol se põe nem que seja pago por isso. Olhe só aquele estranho se escondendo lá longe, observando e esperando! O que ele espera? O que isso significa? Não significa nada de bom para ninguém de nome Baskerville, e vou ficar muito contente de terminar com isso de uma vez por todas no dia em que os novos criados de *sir* Henry estiverem prontos para assumir a casa.

• Excerto do diário do dr. Watson •

— Mas e quanto a esse estranho? – indaguei. – Pode me dizer alguma coisa sobre ele? O que Selden disse? Ele descobriu onde esse homem se esconde ou o que ele estava fazendo?

— Ele o viu uma ou duas vezes, mas é um sujeito difícil, não entrega nada. Primeiro ele pensou que era polícia, mas logo descobriu que tinha algum assunto próprio. Tratava-se de um tipo de cavalheiro, até onde ele poderia ver, mas o que ele estava fazendo, Selden não conseguiu saber.

— E onde ele disse que morava?

— Entre as antigas casas na encosta da colina, as cabanas de pedra onde o povo antigo vivia.

— Mas e quanto à comida?

— Selden descobriu que ele tem um rapaz que trabalha para ele e traz tudo o que precisa. Eu me atrevo a dizer que ele vai até Coombe Tracey para buscar o que deseja.

— Muito bem, Barrymore. Podemos falar mais sobre isso em algum outro momento.

Quando o mordomo se foi, eu andei até a janela preta, e olhei através de um vidro borrado para as nuvens em movimento e para as silhuetas das árvores sacudidas pelo vento. É uma noite selvagem dentro de casa e nem imagino o que deve ser em uma cabana de pedra na charneca. Que ódio apaixonado leva um homem a se esconder em um lugar daqueles em um tempo como este! E que propósito profundo e honesto ele pode ter que exija tal provação? Lá, naquela cabana na charneca, parece residir o âmago desse problema que tem me perturbado tão dolorosamente. Juro que outro dia não passará antes que eu tenha feito tudo o que um homem possa fazer para alcançar o cerne do mistério.

Capítulo 11

• O HOMEM NO PENEDO •

O excerto do meu diário particular que compõe o capítulo anterior trouxe minha narrativa para o dia 18 de outubro, um momento em que esses estranhos eventos começaram a avançar depressa na direção de sua terrível conclusão. Os incidentes dos próximos dias estão indelevelmente gravados nas minhas memórias, e eu posso recontá-los sem me referir às notas que fiz naquele momento. Começo então no dia que sucedeu aquele em que determinei dois fatos de enorme importância: que a sra. Laura Lyons de Coombe Tracey tinha escrito para *sir* Charles Baskerville e marcado o compromisso com ele no exato lugar e horário onde ele encontrou sua morte; o outro era que o homem à espreita na charneca seria encontrado entre as cabanas de pedra no flanco da colina. De posse desses dois fatos, eu sentia que minha inteligência ou minha coragem tinham que ser deficientes se eu não pudesse jogar mais luz sobre todos esses lugares sombrios.

Não tive oportunidade de dizer ao baronete o que eu descobrira sobre a sra. Lyons na noite anterior, pois o dr. Mortimer permaneceu com ele jogando cartas até ser já bem tarde da noite. No desjejum, entretanto, eu o informei sobre a minha descoberta e perguntei se ele poderia fazer a gentileza de me acompanhar até Coombe Tracey. De início, ele se mostrou ansioso para ir, mas, pensando duas vezes, pareceu a nós dois que se eu fosse sozinho, os resultados poderiam ser melhores. Quanto mais formal tornássemos a visita, menos informação poderíamos obter. Deixei *sir* Henry para trás, portanto, não sem uma certa dor na consciência, e parti em minha nova missão.

Quando cheguei a Coombe Tracey, disse a Perkins para cuidar dos cavalos e fiz minhas consultas sobre a dama que eu estava ali para interrogar. Não tive dificuldade em encontrar seu domicílio, central e bem equipado. Uma criada me recebeu sem cerimônia, e quando entrei na sala de estar, uma mulher que estava sentada diante de uma máquina de datilografar se levantou de pronto com um sorriso agradável de boas-vindas. Seu rosto mostrou decepção, entretanto, quando ela viu que eu era um estranho, e se sentou de novo antes de me perguntar o motivo da minha visita.

A primeira impressão deixada pela sra. Lyons foi uma de extrema beleza. Seus olhos e cabelos eram do mesmo tom caloroso de avelã, e as faces, embora consideravelmente sardentas, estavam coradas sobre o tom primoroso da pele morena, o rosado delicado que se esconde no coração das rosas amarelas. Admiração foi, eu repito, a primeira impressão. Mas a segunda foi criticismo. Havia algo sutilmente errado no rosto, alguma aspereza de expressão, alguma dureza no olhar, talvez, ou um lábio meio frouxo, que maculavam a beleza perfeita. Mas esses, é claro, foram pensamentos posteriores. Naquele momento, eu só tinha consciência de estar na presença de uma mulher muito bonita, e que ela estava me perguntando o motivo da minha visita. Eu não havia entendido ao certo até aquele instante o quanto minha missão era delicada.

– Tenho o prazer – disse eu – de conhecer seu pai. – Foi uma apresentação desajeitada, e a dama me fez sentir isso.

– Não há nada em comum entre meu pai e eu – afirmou ela. – Não devo nada a ele, e os amigos dele não são os meus. Se não fosse pelo finado *sir* Charles Baskerville e alguns outros corações bondosos, eu poderia estar passando fome se dependesse do meu pai.

– É por causa do finado *sir* Charles Baskerville que venho aqui vê-la.

As sardas se destacaram na face da dama.

– O que posso lhe dizer sobre ele? – ela perguntou, e seus dedos brincavam com nervosismo sobre as teclas da máquina de escrever.

– A senhora o conhecia, pois não?

– Já disse que devo muitíssimo à bondade dele. Se sou capaz de me sustentar, é largamente devido ao interesse que ele dispensou à minha infeliz situação.

– A senhora se correspondia com ele?

A dama olhou para cima com um ar raivoso nos olhos castanhos.

– Qual é o intuito dessas perguntas?

– O intuito é evitar um escândalo público. É melhor que eu faça essas perguntas aqui do que o assunto sair de nosso controle.

Ela ficou em silêncio e seu rosto continuou muito pálido. Por fim, ergueu o rosto com algum destemor e desafio em sua postura.

– Pois bem, vou respondê-las – disse ela. – Quais são as suas perguntas?

— A senhora se correspondia com *sir* Charles?

— É certo que escrevi a ele uma ou duas vezes para mencionar sua delicadeza e generosidade.

— Teria as datas dessas cartas?

— Não.

— A senhora chegou a se encontrar com ele?

— Sim, uma ou duas vezes, quando ele veio a Coombe Tracey. Era um homem muito reservado e preferia fazer o bem discretamente.

— Mas se a senhora o via tão raramente e escrevia tão raramente, como ele sabia o suficiente da sua situação para poder ajudá-la, como a senhora diz que ele fez?

Ela respondeu à minha objeção com a maior prontidão.

— Vários cavalheiros conheciam minha triste história e se uniram para me ajudar. Um foi o sr. Stapleton, um vizinho e amigo íntimo de *sir* Charles. Ele era muito gentil e foi por meio dele que *sir* Charles ficou sabendo dos meus assuntos.

Eu já sabia que *sir* Charles Baskerville havia feito de Stapleton o benfeitor em seu nome em diversas ocasiões, por isso, a declaração da dama trazia marcas de verdade.

— Alguma vez escreveu para *sir* Charles pedindo que ele se encontrasse com a senhora? – continuei.

A sra. Lyons corou de raiva novamente.

— De verdade, senhor, essa é uma pergunta muito extraordinária.

— Sinto muito, madame, mas devo repeti-la.

— Então a resposta é: certamente que não.

— Nem no dia da morte de *sir* Charles?

O rubor desvaneceu em questão de instantes, e um semblante de morte se mostrou diante de mim. Seus lábios secos não conseguiram pronunciar o "não", que eu vi, em vez de ter ouvido.

— Decerto que sua memória a engana — explicitei. — Eu poderia até mesmo citar uma passagem da carta. Dizia: "Por favor, por favor, como sei que é um cavalheiro, queime esta carta e esteja no portão às dez".

Pensei que ela havia desfalecido, mas se recompôs com um esforço supremo.

— Por acaso não existem mais cavalheiros no mundo? — ela ofegou.

— A senhora acusa *sir* Charles injustamente. Ele queimou a carta. No entanto, às vezes uma carta pode continuar legível quando queimada. Então agora admite que a escreveu?

— Sim, eu a escrevi! — ela exclamou, derramando sua alma na forma de uma torrente de palavras. — Eu a escrevi. Por que deveria negar? Não tenho motivo para ter vergonha disso. Eu desejava que ele me ajudasse. Acreditei que se eu o encontrasse pessoalmente poderia conquistar sua ajuda, por isso pedi a ele que se encontrasse comigo.

— Mas numa hora daquelas?

— Porque eu acabara de ficar sabendo que ele iria a Londres no dia seguinte e poderia ficar longe por meses. Houve motivos para que eu não pudesse ir antes.

— Mas por que um encontro em um jardim em vez de uma visita à casa?

— Por acaso acha que uma mulher pode ir sozinha numa hora daquelas à casa de um homem solteiro?

— Bem, o que aconteceu quando a senhora chegou lá?

— Eu nunca fui.

— Sra. Lyons!

— Não, eu juro pelo que considero mais sagrado. Eu nunca fui. Algo interferiu e impediu que eu fosse.

— E o que aconteceu?

— É um assunto particular. Não posso dizer.

— A senhora reconhece que marcou um encontro com *sir* Charles na mesma hora e lugar em que ele encontrou a morte, mas nega ter honrado o compromisso de ir.

— Essa é a verdade.

Mais de uma vez, fiz perguntas cruzadas, mas nunca consegui passar desse ponto.

— Sra. Lyons — confessei, ao me levantar para encerrar a longa e inconclusiva entrevista —, a senhora está assumindo uma responsabilidade muito séria e se colocando em uma posição muito instável ao não pôr para fora tudo o que sabe. Se eu tiver que chamar ajuda policial, a senhora verá a gravidade do risco que está correndo. Se sua posição é inocente, por que negou inicialmente ter escrito a *sir* Charles naquela data?

— Porque eu temi que alguma conclusão falsa pudesse ser extraída disso e que eu acabasse me encontrando envolvida em um escândalo.

— E por que foi tão veemente para que *sir* Charles destruísse a sua carta?

— Se leu a carta, o senhor vai saber.

— Eu não disse que li a carta inteira.

— O senhor citou uma parte.

— Citei o *post-scriptum*. A carta, como mencionei, havia sido queimada e não estava toda legível. Eu lhe pergunto mais uma vez por que foi tão veemente em pedir que *sir* Charles destruísse a carta que ele recebeu no dia da morte.

— O assunto é muito particular.

— Mais uma razão pela qual é do seu interesse evitar uma investigação pública.

— Vou contar, então. Se o senhor ouviu alguma coisa da minha triste história, saberá que tive um casamento imprudente e tive razões para me arrepender dele.

— Isso eu ouvi.

— Minha vida foi uma perseguição incessante de um marido que eu abomino. A lei está do lado dele, e cada dia que passa sou confrontada com a possibilidade de que ele possa me forçar a viver com ele. No momento em que escrevi aquela carta para *sir* Charles, eu descobri que havia uma possibilidade de eu recuperar minha liberdade se alguns custos pudessem ser cobertos. Significava tudo para mim: paz de espírito, felicidade, respeito próprio... tudo. Eu sabia da generosidade de *sir* Charles, e pensei que, se ouvisse a minha história dos meus próprios lábios, ele me ajudaria.

— Então como é que a senhora não foi?

— Porque, nesse ínterim, eu recebi ajuda de outra fonte.

— Por que, então, não escreveu para *sir* Charles e explicou isso?

— Assim eu teria feito se não tivesse visto a morte dele no jornal na manhã seguinte.

A história da mulher se sustentava coerentemente, e nenhuma das minhas perguntas foi capaz de abalá-la. Eu só poderia aferir o relato ao descobrir se ela, de fato, havia instituído os procedimentos de divórcio contra o marido na data da tragédia ou próximo dela.

Era improvável que se atrevesse a dizer que não tinha ido a Baskerville Hall se na realidade tivesse, pois seria necessária uma armadilha para levá-la lá, e não poderia ter retornado a Coombe Tracey até as primeiras horas da manhã. Uma excursão dessas não poderia ficar em segredo. A probabilidade era, portanto, de que ela estava dizendo a verdade ou, ao menos, uma parte dela. Vim embora perplexo e desanimado. Mais uma vez, eu chegava àquele beco sem saída que parecia aparecer em cada caminho que eu tentava pegar para chegar ao objetivo da minha missão. E, ainda assim, quanto mais eu pensava no rosto da mulher e em seus modos, mais eu sentia que algum segredo estava sendo escondido de mim. Por que ela ficaria tão pálida? Por que lutaria contra todas as confissões até que lhe fossem forçadas? Por que ficaria tão reticente no momento da tragédia? Certamente a explicação sobre tudo isso poderia não ser tão inocente quando ela queria que eu acreditasse. Por ora, eu não podia prosseguir mais fundo nessa direção, mas devia me voltar para a outra pista a ser encontrada entre as cabanas de pedra na charneca.

 E essa direção era muitíssimo vaga. Eu me dei conta enquanto pegava o caminho de volta e notei como colina após colina mostrava vestígios do povo antigo. A única indicação de Barrymore era que o estranho vivia em uma daquelas cabanas abandonadas, e muitas centenas delas estão espalhadas por toda a área da charneca. Contudo, eu tinha minha própria experiência como guia, já que ela havia me mostrado o próprio homem em pé sobre o cume do Pináculo Negro. Esse, então, seria o centro das minhas buscas. Dali eu deveria explorar cada cabana sobre a charneca até que desse com a cabana certa. Se esse homem estivesse dentro dela, eu descobriria dos seus próprios lábios, na ponta do meu revólver se necessário, quem ele era e por que havia nos perseguido por tanto tempo. Ele poderia fugir entre nossos dedos em uma multidão da Regent Street, mas lhe daria trabalho fazê-lo na solitária charneca. Por outro lado, se eu encontrar a cabana e seu inquilino não estiver dentro dela, eu devo ficar lá dentro, por mais longa que seja a vigília, até ele retornar. Holmes o havia perdido em Londres. Seria, de fato, um triunfo para mim se pudesse capturá-lo quando meu mestre tinha falhado.

A sorte se colocava contra nós novamente nesta investigação, mas agora, pelo menos, vinha em meu auxílio. E o mensageiro da boa fortuna não foi outro senão o sr. Frankland com as suíças grisalhas e o rosto vermelho, ali parado no jardim, do lado de fora do portão, que estava aberto para a estrada pela qual eu viajava.

– Bom dia, dr. Watson! – exclamou ele, com um bom humor inusitado. – O senhor precisava mesmo dar um pouco de descanso aos seus cavalos, vir tomar uma taça de vinho e me dar os parabéns.

Meus sentimentos em relação a ele estavam muito longe de serem amigáveis depois do que eu ouvira do tratamento dispensado à filha, mas estava ansioso para dispensar Perkins e a carroça, e a oportunidade era boa. Apeei e mandei mensagem para *sir* Henry dizendo que eu chegaria a tempo do jantar e que iria andando. Depois segui Frankland para a sala de jantar da casa dele.

– É um grande dia para mim, senhor; um dos dias felizes da minha vida! – ele exclamou com muitas risadas. – Arranjei um acontecimento duplo. Pretendo ensinar à gente dessas bandas que lei é lei e que existe um homem aqui que não tem medo de invocá-la. Estabeleci um direito de passagem pelo centro do parque do velho Middleton, bem no meio, senhor, a cem metros da própria porta dianteira dele. O que acha disso? Vamos ensinar a esses magnatas que eles não podem pisar nos direitos dos plebeus, maldição! E eu fechei o bosque onde a gente dos Fernworthy costumava fazer piqueniques. Essas pessoas infernais parecem pensar que não existem direitos de propriedade, e que eles podem formar um enxame onde bem entendem com seus papéis e garrafas. Os dois casos foram decididos, dr. Watson, e os dois a meu favor. Não tenho um dia como esse desde que peguei *sir* John Morland por invasão de propriedade, pois ele atirou em suas próprias tocas de coelho.

– Mas como foi que o senhor fez isso?

– Procure nos livros, senhor. Vai valer a pena ler o caso "Frankland contra Morland", Corte de Queen's Bench. Custou-me duzentas libras, mas consegui meu veredicto.

– E valeu a pena?

– Não, senhor, nenhuma. Tenho orgulho de dizer que eu não tinha interesse na matéria. Agi inteiramente movido por um sentimento de dever público. Não tenho dúvidas, por exemplo, de que os Fernworthy vão queimar minha efígie esta noite. Contei para a polícia, da última vez que eles fizeram isso, que eles deviam parar com essas exibições infames. O condado de Constabulary está em uma situação escandalosa, senhor, e não me garantiu a proteção à qual eu tenho direito. O caso "Frankland contra Regina" vai trazer essa matéria à atenção do público. Eu disse a eles que chegaria o momento em que se arrependeriam do tratamento que dispensaram a mim, e minhas palavras já se tornaram realidade.

– De que forma? – perguntei.

O velho assumiu uma expressão muito astuta.

– Porque eu pude lhes dizer o que eles estavam morrendo de vontade de saber; porém, nada me induziria a ajudar os velhacos de nenhuma forma. – Eu estava procurando alguma desculpa que me permitisse me afastar da fofoca dele, mas agora eu estava começando a desejar ouvir mais. Eu já tinha visto o suficiente da natureza contenciosa do velho pecador para entender que qualquer sinal forte de interesse seria o jeito mais seguro de pôr um fim a suas confidências.

– Um caso fervilhante, sem dúvida... – disse eu, com indiferença.

– Ha, ha, meu rapaz, uma matéria muito, muito mais importante do que isso! E quanto ao homem foragido da charneca? – comecei. – O senhor não quer dizer que sabe onde ele está, sim? – perguntei.

– Posso não saber exatamente onde ele está, mas tenho uma boa certeza de que poderia ajudar a polícia a colocar as mãos nele. Nunca passou pela sua cabeça que a forma de pegar esse homem é descobrir de onde ele recebe a comida e, assim, traçar o caminho até ele?

De fato, ele parecia estar chegando perigosamente perto da verdade.

– Sem dúvida – respondi. – Mas como sabe que ele está em algum lugar na charneca?

– Eu sei porque vi com meus próprios olhos o mensageiro que leva a comida a ele.

Meu coração se apertou por Barrymore. Era algo muito grave estar nas mãos daquele velho alcoviteiro malévolo. Mas a observação seguinte que ele fez tirou um peso da minha mente.

– Ficaria surpreso de ouvir que a comida dele é levada por uma criança. Eu o vejo todos os dias pelo meu telescópio no telhado. Ele passa pelo mesmo caminho, na mesma hora, e para quem deve estar indo, senão para o homem condenado?

Foi sorte, de fato! E mesmo assim, suprimi toda a aparência de interesse. Uma criança! Barrymore disse que nosso desconhecido era abastecido por um garoto. Era o caminho dele, não o do foragido, que Frankland havia cruzado. Se eu conseguisse o conhecimento que ele tinha, isso poderia me salvar de uma exaustiva caçada. Mas a incredulidade e a indiferença eram, evidentemente, minhas cartas mais fortes.

– Eu diria que era muito mais provável que fosse o filho de algum dos pastores da charneca levando o jantar para o pai.

A última aparência de oposição incendiou o velho autocrata. Seus olhos me fitaram, malignos, e as suíças grisalhas estremeceram como as de um gato zangado.

– Sim, de fato, senhor! – respondeu ele, apontando para a extensiva charneca. – Está vendo o Pináculo Negro lá ao longe? Bem, está vendo aquela colina baixa além, com o arbusto espinhoso? É a parte mais pedregosa de toda a charneca. Por acaso é um lugar onde um pastor iria reunir seu rebanho? Sua sugestão, senhor, é a mais absurda.

Eu me limitei a responder humildemente que eu tinha falado sem saber dos fatos. Minha submissão o agradou e o levou a fazer mais confidências.

– Tenha certeza, senhor, de que eu sempre tenho embasamento muito bom antes de formar uma opinião. Eu vi o garoto repetidas vezes com o farnel. Todos os dias, duas vezes em alguns dias, eu pude... mas espere um instante, dr. Watson. São meus olhos que me enganam ou ali, no presente momento, há alguma coisa se movendo naquela encosta?

Estava a vários quilômetros de distância, mas eu pude ver distintamente um pequeno ponto escuro contra o verde e o cinza baços.

– Venha, senhor, venha! – exclamou Frankland, subindo as escadas correndo. – Verá com seus próprios olhos e julgará por si mesmo.

O telescópio, um instrumento formidável montado sobre um tripé, ficava sobre as lâminas de chumbo do telhado. Frankland fixou o olho nele e soltou um grito de satisfação.

– Rápido, dr. Watson, rápido, antes que ele passe para o outro lado da colina.

Ali estava ele, com toda certeza, um pequeno pivete com um pacotinho sobre o ombro, subindo a colina depressa. Quando chegou ao cume, eu vi a figura maltrapilha e bruta delineada, por um instante, contra o frio céu azul. Ele olhou ao redor de si com um ar furtivo e sorrateiro, como faria alguém que teme uma perseguição. Depois desapareceu do outro lado da elevação.

– Ora! Estou correto?

– Certamente, há um garoto que parece ter algum tipo de tarefa secreta para fazer.

– E que tipo de tarefa, só mesmo um policial poderia imaginar. Mas nenhuma palavra eles terão de mim, e eu também cobro que o senhor mantenha esse fato secreto, dr. Watson. Nem uma palavra! Entende?

– Como quiser.

– Eles me trataram vergonhosamente... vergonhosamente. Quando vierem à tona os fatos no caso "Frankland contra Regina", eu me atrevo a pensar que uma onda de indignação percorrerá todo o condado. Nada vai me induzir a ajudar a polícia de forma alguma. Do jeito que eles são, esses velhacos poderiam ter queimado a mim, não a minha efígie naquela estaca. Certamente o senhor não vai! Em vez disso, me ajudará a esvaziar a licoreira em honra a essa excepcional ocasião!

Contudo, resisti a todas essas solicitações e tive sucesso em dissuadi-lo de sua intenção anunciada de me acompanhar até a casa. Mantive-me na estrada pelo tempo em que seus olhos ficaram em mim, e depois segui para a colina pedregosa sobre a qual o menino tinha desaparecido. Tudo estava trabalhando a meu favor, e eu jurava que não deveria ser por falta de energia ou de perseverança que eu deveria perder a chance que a fortuna havia jogado no meu caminho.

O Sol já estava afundando no horizonte quando cheguei ao cume da colina, e as longas ondulações do terreno debaixo de mim eram todas verde-douradas de um lado e sombras cinzentas, do outro. Uma névoa baixa pairava sobre o horizonte mais distante, do qual se projetavam as formas fantásticas dos pináculos Belliver e Vixen. Sobre a vasta extensão não havia som e não havia movimento. Uma enorme ave cinzenta, uma gaivota ou um maçarico voaram alto no paraíso azul do céu. Ela e eu parecíamos as únicas criaturas vivas entre o enorme arco do céu e o deserto abaixo dele. O cenário estéril, a sensação solitária, o mistério e a urgência da minha tarefa se uniram para deixar meu coração gelado. O garoto não estava em parte alguma. Mas abaixo de mim, em uma fenda das colinas, havia um círculo das antigas cabanas de pedra, e no meio delas havia uma que conservava teto suficiente para servir de proteção contra as intempéries. Meu coração deu um salto dentro de mim quando vi. Ali devia ser o refúgio onde o estranho espreitava. Enfim, meu pé estava na soleira de seu esconderijo – seu segredo estava ao meu alcance.

Enquanto eu me aproximava da cabana, caminhando tão cautelosamente quanto Stapleton faria se estivesse com a rede a postos perto de uma borboleta pousada, eu me convenci de que o lugar, de fato, tinha sido usado como habitação. Uma trilha vaga entre os rochedos levava a uma abertura dilapidada que servia de porta. Tudo estava silencioso lá dentro. O desconhecido poderia estar à espreita ali, ou poderia estar rondando pela charneca. Meus nervos se eriçaram com a sensação de aventura. Jogando de lado meu cigarro, fechei a mão sobre a coronha do revólver e, após caminhar apressado até a porta, eu olhei lá dentro. O lugar estava vazio.

Entretanto, havia amplos sinais de que eu não tinha seguido um rastro falso. Era certamente onde o homem vivia. Alguns cobertores enrolados em um impermeável estavam sobre a mesma placa de pedra na qual o homem neolítico um dia havia dormido. As cinzas de um fogo extinto se amontoavam em uma rústica lareira. Ao lado dela, havia alguns utensílios de cozinha e um balde com água pela metade. Um lixo de latas vazias mostrava que o lugar estava ocupado havia algum tempo, e eu vi, quando meus olhos se acostumaram à luz quadriculada, um canequim de lata e uma garrafa meio cheia no canto. No centro da cabana, uma pedra plana servia ao propósito de mesa e sobre ela estava um pequeno embrulho de tecido – o mesmo, sem dúvida, que eu vira, pelo telescópio, no ombro do menino. Continha um pão, uma lata de língua e duas latas de pêssego em conserva. Quando coloquei o embrulho sobre a mesa novamente, depois de examiná-lo, meu coração deu um salto, pois vi que debaixo dele havia uma folha de papel com algo escrito. Peguei-a e foi isso que li, rabiscado a lápis:

"O dr. Watson partiu para Coombe Tracey".

Por um minuto, eu fiquei ali com o papel na mão, pensando no significado daquela mensagem curta. Era eu, então, e não *sir* Henry que estava sendo perseguido por aquele homem secreto.

Ele não havia me seguido em pessoa, mas enviado um agente – o menino, talvez – no meu encalço e esse era o relatório dele. Possivelmente, eu não tinha dado um passo que fosse na charneca sem que isso fosse observado e reportado. Sempre havia uma sensação de força invisível, uma rede fina jogada ao nosso redor com habilidade e delicadeza infinitas, segurando-nos tão de leve que era apenas em algum momento supremo que a pessoa poderia perceber que estava, de fato, emaranhada em suas malhas.

Se havia um relatório, poderia haver mais, então olhei dentro da cabana à procura deles. Não havia, entretanto, vestígios de qualquer coisa desse tipo, nem pude descobrir nenhum sinal que servisse para indicar o caráter ou as intenções do homem que vivia naquele lugar singular, a não ser que ele devia ter hábitos espartanos e se importar pouco com os confortos da vida. Quando pensei nas chuvas inclementes e olhei para o telhado aberto, entendi o quanto devia ser forte e imutável o propósito que o mantinha naquela morada inóspita. Seria ele nosso inimigo maligno, ou seria, por algum acaso, nosso anjo guardião? Jurei que eu não deixaria a cabana até descobrir.

Lá fora o Sol estava afundando, e o oeste fulgurava em escarlate e dourado. Seu reflexo era jogado de volta em retalhos corados nas piscinas distantes que pontuavam o enorme brejo Grimpen. Havia as duas torres de Baskerville Hall e também o borrão distante de fumaça que marcava o vilarejo de Grimpen. Entre os dois, atrás da colina, estava a casa dos Stapleton. Tudo era doce e tranquilo e pacífico na luz dourada do entardecer e, ainda assim, olhando para eles, minha alma não partilhava em nada a paz da natureza, mas estremecia pela vaguidão e pelo terror da entrevista que cada segundo aproximava mais de mim. Com os nervos à flor da pele, mas com uma ideia fixa, eu me sentei no recanto escuro da cabana e esperei com uma paciência sombria pela chegada de seu inquilino.

    Então, enfim, ouvi-o. Lá longe vinha o baque seco de uma bota contra a pedra. Depois outro, e mais outro, chegando mais e mais perto. Encolhi-me no canto mais escuro e empinei a pistola no meu bolso, determinado a não revelar minha presença até eu ter uma oportunidade de ver alguma coisa do estranho. Houve uma longa pausa que mostrava que ele havia parado. Então mais uma vez os passos se aproximaram e uma sombra recaiu sobre a abertura da cabana.

    – É um entardecer adorável, meu caro Watson – disse uma voz conhecida. – Eu realmente acho que você ficaria mais confortável do lado de fora do que de dentro.

Capítulo 12

• Morte na charneca •

Por um momento ou dois, fiquei sem fôlego, mal conseguindo acreditar nos meus ouvidos. Logo, a presença de espírito e a voz retornaram a mim, ao mesmo tempo em que um peso esmagador de responsabilidade parecia ter sido levantado da minha alma naquele instante. Aquela voz fria, incisiva e irônica poderia pertencer a apenas um homem em todo o mundo.

– Holmes! – gritei. – Holmes!

– Venha aqui para fora – pediu ele –, e, por favor, tenha cuidado com o revólver.

Eu me abaixei sob o rústico lintel, e ele estava sentado sobre uma pedra lá fora, seus olhos cinzentos dançando com diversão ao notarem minhas feições de espanto. Estava magro e cansado, mas esperto e alerta; seu rosto afiado, bronzeado pelo Sol e áspero por causa do vento. Em seu terno de *tweed* e chapéu de tecido, ele parecia qualquer outro turista na charneca, e havia garantido, com aquele amor pela higiene pessoal típica de um gato, que era do seu feitio, que o queixo estivesse tão liso e a roupa branca tão perfeita como se ele estivesse em Baker Street.

— Nunca fiquei mais contente em ver alguém na minha vida — confidenciei, trocando um aperto de mão firme.

— Ou mais espantado, hein?

— Bem, devo confessar.

— A surpresa não foi unilateral, de forma alguma, eu lhe asseguro. Não fazia ideia de que você tinha encontrado meu retiro ocasional, e ainda menos que estava dentro dele, até eu estar a vinte passos da porta.

— Minhas pegadas, presumo?

— Não, Watson; receio que não possa assumir o compromisso de reconhecer sua pegada em meio a todas as pegadas do mundo. Se realmente deseja me enganar, deveria mudar sua tabacaria; pois quando vejo a guimba de um cigarro marcada com os dizeres Bradley, Oxford Street, eu sei que meu amigo Watson está nas redondezas. Você o verá lá, ao lado da trilha. Jogou-o no chão, sem dúvida, naquele momento supremo em que invadiu a cabana vazia.

— Exatamente.

— Foi o que pensei... e conhecendo sua admirável tenacidade, eu estava convencido de que você se encontrava de tocaia, com uma arma ao seu alcance, esperando que o habitante da casa voltasse. Então você realmente pensou que eu era o criminoso?

— Não sabia quem você era, mas estava determinado a descobrir.

— Excelente, Watson! E como me localizou? Você me viu, talvez, na noite da caçada, quando eu fui imprudente a ponto de permitir que a Lua se erguesse atrás de mim?

— Sim, eu o vi.

— E sem dúvida, procurou em todas as cabanas até chegar a esta?

— Não, seu garoto foi avistado, e isso me deu uma direção onde procurar.

— O velho cavalheiro com o telescópio, sem dúvida. Não consegui discernir o que era quando vi a luz piscando na lente pela primeira vez. — Ele se levantou e espiou para dentro da cabana. — Aha, vejo que Cartwright trouxe algumas provisões. O que é esse papel? Então você esteve em Coombe Tracey, não é?

— Sim.

— Para ver a sra. Laura Lyons?

— Exatamente.

— Muito bem! Nossas linhas de investigação, evidentemente, andaram em paralelo e, quando unirmos nossos resultados, espero que possamos ter um conhecimento bastante completo do caso.

— Bem, estou contente do fundo do coração que você esteja aqui, pois a responsabilidade e o mistério estavam se tornando grandes demais para os meus nervos. Mas como, em nome de tudo o que é mais sagrado, você chegou aqui, e o que andou fazendo? Pensei que estivesse em Baker Street trabalhando naquele caso de chantagem.

— Era o que eu queria que você pensasse.

— Então você me usa, e ainda por cima não confia em mim! — exclamei com certa amargura. — Acho que mereço coisa melhor de você, Holmes.

— Meu caro amigo, você tem sido inestimável para mim neste caso como em muitos outros, e eu imploro que me perdoe se pareço lhe pregar uma peça. Na verdade, foi em parte por sua própria causa que eu fiz isso, e foi minha apreciação do perigo que você corria que me levou a vir e examinar o assunto pessoalmente. Se eu estivesse com *sir* Henry e você, tenha certeza de que meu ponto de vista teria sido o mesmo que o seu, e que minha presença teria advertido nossos adversários muito formidáveis para ficar de guarda. Da forma como ocorreu, fui capaz de transitar como eu não teria condições se estivesse hospedado em Baskerville Hall, e eu continuo sendo um fator desconhecido à totalidade do caso, pronto para jogar todo o meu peso em um momento crítico.

– Mas por que me manter no escuro?

– Pois o fato de você saber não poderia ter nos ajudado, e possivelmente poderia ter levado a me descobrirem. Você teria desejado me contar alguma coisa, ou, em sua bondade, teria me trazido um tipo de conforto ou outro, e assim um risco desnecessário seria corrido. Eu trouxe Cartwright comigo (você se lembra do rapazinho no escritório do correio), e ele cuidou das minhas necessidades simples: um pão e um colarinho limpo. O que mais um homem deseja? Ele me deu um par extra de olhos sobre um par de pés muito ativos, e ambos foram inestimáveis.

– Então os meus relatórios não serviram de nada! – Minha voz tremeu quando me lembrei das dores e do orgulho com que os compus.

Holmes tirou um maço de papéis do bolso.

– Aqui estão os seus relatórios, meu caro, e muito bem folheados, eu lhe garanto. Fiz preparativos excelentes, e eles só atrasaram um dia no caminho. Devo cumprimentá-lo, em grande parte, pelo zelo e pela inteligência que você demonstrou em um caso extraordinariamente difícil.

Eu ainda estava bastante ferido pela falcatrua praticada contra mim, mas o calor do elogio de Holmes afastou a raiva da minha mente. Senti também no meu coração que ele estava certo no que disse e que era realmente melhor para o nosso propósito que eu não soubesse que ele estava na charneca.

— É melhor — disse ele, vendo a sombra se levantar do meu rosto. — E agora me diga o resultado de sua visita à sra. Laura Lyons. Não foi difícil para mim adivinhar que era para vê-la que você tinha saído, pois já estou ciente de que ela é a única pessoa em Coombe Tracey que pode ser útil para nós nesse caso. De fato, se você não tivesse ido hoje, é muito provável que eu tivesse ido amanhã.

O Sol tinha se posto e o crepúsculo estava se estabelecendo sobre a charneca. O ar esfriara e nós nos recolhemos para a cabana, a fim de nos aquecer. Ali, nós nos sentamos juntos no lusco-fusco, e eu contei a Holmes sobre a minha conversa com a dama. Tão interessado estava ele que eu tive de repetir certas partes duas vezes antes de ele estar satisfeito.

— Isso é importantíssimo — afirmou Holmes, assim que concluí. — Preenche um vazio que eu não consegui resolver, nesse caso tão complexo. Você está ciente, talvez, de que existe uma intimidade próxima entre essa senhora e o homem Stapleton?

— Eu não soube de uma intimidade próxima.

— Não pode haver dúvida sobre esse assunto. Eles se encontram, eles escrevem um para o outro, há uma compreensão mútua e completa entre eles. Pois bem, isso coloca uma arma muito poderosa em nossas mãos. Se eu pudesse usá-la só para separar a esposa dele...

— A esposa dele?

— Estou lhe dando algumas informações agora, em troca de tudo o que você me deu. A dama que se passa aqui pela srta. Stapleton é, na realidade, esposa dele.

– Deus meu, Holmes! Tem certeza do que diz? Como ele poderia ter permitido que *sir* Henry se apaixonasse por ela?

– *Sir* Henry apaixonado não poderia prejudicar ninguém a não ser *sir* Henry. Stapleton tomou especial cuidado para que *sir* Henry não *fizesse* amor com ela, como você mesmo observou. Repito que a senhora é a esposa e não a irmã.

– Mas por que essa mentira sofisticada?

– Porque ele previu que ela seria muito mais útil no papel de mulher livre.

Todos os meus instintos não verbalizados, minhas vagas suspeitas, de repente tomaram forma e centraram-se sobre o naturalista. Naquele homem impassível e sem cor, com seu chapéu de palha e sua rede de borboletas, eu parecia ver algo terrível: uma criatura de infinita paciência e engenhosidade, com um rosto sorridente e um coração assassino.

– É ele, então, o nosso inimigo? Foi ele quem nos perseguiu em Londres? – Foi assim que li esse enigma.

– E o alerta... deve ter vindo dela!

– Exatamente.

A forma de alguma monstruosa vilania, meio vista, meio adivinhada, surgia através da escuridão que tinha me aprisionado por tanto tempo.

– Mas tem certeza disso, Holmes? Como você sabe que a mulher é a esposa dele?

– Porque até agora ele se esqueceu de lhe dizer uma verdadeira peça de autobiografia na ocasião em que o conheceu, e me atrevo a dizer que ele se arrependeu disso desde então. Ele já foi professor no norte da Inglaterra. Veja, não há ninguém mais fácil de rastrear do que um professor. Existem agências acadêmicas pelas quais se pode identificar qualquer homem que tenha exercido a profissão. Uma pequena investigação me mostrou que uma escola fechou sob circunstâncias atrozes, e que o dono (o nome era diferente) tinha desaparecido com a esposa. As descrições batiam. Quando soube que o homem desaparecido era dedicado à entomologia, a identificação estava completa.

A escuridão estava subindo, mas muita coisa ainda permanecia oculta pelas sombras.

– Se essa mulher é, na verdade, a esposa, onde entra a sra. Laura Lyons? – perguntei.

– Esse é um dos pontos sobre os quais suas pesquisas jogam luz. A sua entrevista com a senhora esclareceu a situação em grande medida. Eu não sabia que ela e o marido tinham planos de se divorciar. Nesse caso, encarando Stapleton como um homem solteiro, ela não teve nenhuma dúvida de que se tornaria a esposa dele.

– E quando ela tomar consciência do engano?

– Ora, então podemos descobrir que ela nos será útil. Nossa primeira tarefa premente será ir vê-la, nós dois, amanhã. Não acha, Watson, que já passou tempo demais longe do objetivo do qual está encarregado? Seu lugar deve ser em Baskerville Hall.

As últimas riscas vermelhas haviam desaparecido no ocidente, e a noite se estabelecera na charneca. Algumas fracas estrelas brilhavam num céu violeta.

– Uma última pergunta, Holmes – falei, quando me levantei. – Certamente não há necessidade de segredo entre mim e você. Qual é o significado de tudo isso? O que ele está procurando?

A voz de Holmes baixou quando ele respondeu:

– É assassinato, Watson; assassinato deliberado, refinado e a sangue-frio. Não me peça detalhes. Minhas redes estão se fechando sobre ele, assim como as dele estão se fechando sobre *sir* Henry, e com a sua ajuda ele já está quase à minha mercê. Há apenas um perigo que pode nos ameaçar: que ele ataque antes que estejamos prontos. Mais um dia, dois no máximo, e eu terei o meu caso completo, mas até lá, cuide do seu protegido tão estritamente quanto uma mãe afeiçoada cuidaria de seu filho doente. Sua missão hoje se justificou, e, no entanto, eu quase poderia desejar que você não tivesse saído de perto dele. Ouça!

Um grito terrível – um grito prolongado de horror e angústia – explodiu no silêncio do pântano. Esse grito assustador congelou o sangue em minhas veias.

– Meu Deus! – exclamei. – O que é isso? O que significa?

Holmes levantou-se no mesmo instante, e eu vi seu contorno escuro e atlético na porta da cabana, os ombros encurvados, a cabeça abaixada para frente, o rosto perscrutando a escuridão.

– Silêncio! – ele sussurrou. – Silêncio!

O grito fora alto por causa de sua veemência, mas tinha saído de algum lugar distante na sombria planície. Agora estourava em nossos ouvidos, mais perto, mais alto, mais urgente do que antes.

– Onde é? – Holmes sussurrou; e eu soube pela emoção de sua voz que ele, o homem de ferro, estava abalado até o fundo da alma. – Onde é, Watson?

– Lá, eu acho. – Apontei para a escuridão.

– Ali não!

Mais uma vez, o grito de agonia varreu a noite silenciosa, mais alto e muito mais próximo do que nunca. E um novo som se misturou a ele, um murmúrio profundo, musical e ainda ameaçador, subindo e descendo como o sussurro baixo e constante do mar.

– O cão! – exclamou Holmes. – Venha, Watson, venha! Poderosos céus, e se for tarde demais para nós!

Ele tinha começado a correr depressa sobre a charneca, e eu segui em seus calcanhares. Porém, agora, de algum lugar entre o terreno acidentado imediatamente diante de nós, veio um último grito desesperado, e então um baque surdo e pesado. Paramos e apuramos os ouvidos. Nenhum outro som rompeu o pesado silêncio da noite sem vento.

Vi Holmes colocar a mão na testa como um homem distraído. Ele bateu os pés no chão.

– Ele foi mais rápido do que nós, Watson. Chegamos atrasados.

– Não, não, certamente não!

– Como fui tolo por me conter. E você, Watson, veja o que resultou de abandonar seu protegido! Mas, pelos céus, se o pior aconteceu, nós o vingaremos!

Cegamente, atravessamos a escuridão, erguendo-nos contra pedregulhos, forçando-nos a atravessar os arbustos de tojo, a arquejar colinas acima e a subir as encostas, seguindo sempre na direção de onde viera aquele som terrível. A cada elevação, Holmes olhava ansiosamente ao seu redor, mas as sombras pesavam grossas sobre a charneca, e nada se movia em sua face sombria.

– Está conseguindo ver alguma coisa?

– Nada.

– Mas, ouça, o que é isso?

Um gemido baixo caiu sobre nossos ouvidos. Lá estava novamente, à nossa esquerda! Do outro lado, uma crista de rochas terminava em um penhasco que dava para uma encosta coberta de pedras. Em sua face serrilhada havia algum objeto escuro irregular esparramado. À medida que corríamos para ele, o contorno vago se materializou em uma forma definida. Era um homem prostrado de cabeça para baixo no chão, virada debaixo dele em um ângulo horrível, os ombros curvados, e o corpo amontoado como se no ato de dar um salto mortal. Tão grotesca era a pose do movimento que eu não pude perceber naquele instante que o gemido fora sua alma abandonando o mundo. Nem um sussurro, nem um farfalhar elevava-se agora da figura escura sobre a qual nós nos debruçávamos. Holmes pôs a mão sobre ele e o ergueu novamente, soltando uma exclamação de horror. A luz do fósforo que ele acendeu brilhou em seus dedos sujos de sangue sobre a poça horripilante que aumentava lentamente do crânio esmagado da vítima. E brilhou sobre outra coisa que nos deixou enjoados e zonzos por dentro... era o corpo de *sir* Henry Baskerville!

Não havia chance de que nós dois nos esquecêssemos daquele traje peculiar de *tweed* castanho-avermelhado – o mesmo que ele usara na primeira manhã em que o vimos em Baker Street. Tivemos um único vislumbre claro dele, e então o fósforo tremeluziu e se apagou junto com as nossas almas. Holmes gemeu, e seu rosto cintilou branco na escuridão.

– O selvagem! O selvagem! – gritei com as mãos crispadas. – Oh, Holmes, nunca me perdoarei por ter deixado que o destino o levasse.

– Sou mais culpado do que você, Watson. A fim de ter o meu caso bem redondo e completo, eu joguei fora a vida do meu cliente. É o maior golpe que levei na minha carreira. Mas como eu poderia saber, como eu poderia saber, que ele arriscaria a vida sozinho na charneca diante de todas as minhas advertências?

– Que pudéssemos ouvir seus gritos; meu Deus, aqueles gritos! E ainda assim não podermos salvá-lo! Onde está esse cão selvagem que o levou à morte? Pode estar espreitando entre estas rochas neste exato instante. E Stapleton, onde ele está? Ele responderá por esta ação.

– Ele responderá. Vou cuidar disso. Tio e sobrinho foram assassinados: um deles mortalmente assustado por um animal que ele considerava sobrenatural; o outro conduzido ao seu fim durante à fuga desenfreada para escapar do mesmo monstro. Mas agora temos que provar a conexão entre o homem e a fera. Salvo o que ouvimos, nem sequer podemos jurar a existência desta última, uma vez que *sir* Henry evidentemente morreu da queda. Mas, pelos céus, por mais astucioso que seja, o sujeito estará em meu poder antes que se passe outro dia!

Nós nos levantamos com o coração amargurado, oprimidos pela força daquele desastre repentino e irrevogável que havia levado nosso longo, cansativo e árduo trabalho a um fim tão deplorável. Em seguida, sob a Lua que se elevava, subimos ao topo das rochas sobre as quais nosso pobre amigo havia caído, e, de lá, olhamos sobre a charneca sombria, metade prata e metade penumbra. Longe, a quilômetros de distância, na direção de Grimpen, uma única luz amarela brilhava. Só poderia vir da morada solitária dos Stapleton. Com uma maldição amarga, sacudi o punho cerrado enquanto olhava.

– Por que não o apanhamos imediatamente?

– Nosso caso não está completo. O sujeito é cauteloso e esperto até o último grau. Não é o que sabemos, mas o que podemos provar. Se fizermos um movimento falso, o vilão ainda pode nos escapar.

– O que podemos fazer?

– Haverá muito o que fazer amanhã. Esta noite só podemos realizar os ofícios finais para o nosso pobre amigo.

Juntos, descemos a encosta íngreme e nos aproximamos do corpo, preto e evidente contra as pedras prateadas. A agonia daqueles membros contorcidos me atingiu com um espasmo de dor e turvou meus olhos com lágrimas.

– Temos de pedir ajuda, Holmes! Não podemos levá-lo até Baskerville Hall. Meu Deus, ficou louco?

Ele emitiu um grito e inclinou-se sobre o corpo. Agora ele estava dançando e rindo e torcendo a minha mão. Poderia aquele ser meu amigo severo, contido? Aqueles eram fogos escondidos, decerto!

– Uma barba! Uma barba! O homem tem uma barba!

– Uma barba?

– Não é o baronete... é... ora, é o meu vizinho, o condenado foragido!

Com pressa febril, tínhamos virado o corpo, e aquela barba gotejante estava apontando para a Lua fria e clara. Não podia haver dúvidas sobre a testa protuberante, os olhos fundos animalescos. Era de fato o mesmo rosto que me fitara à luz da vela do outro lado da rocha: o rosto de Selden, o criminoso.

Então em um instante estava tudo claro para mim. Lembrei-me de como o baronete me dissera que ele havia entregue seu velho guarda-roupa a Barrymore. Barrymore tinha passado para frente, ajudando assim Selden a fugir. Botas, camisa, chapéu – era tudo de *sir* Henry. A tragédia ainda era bastante soturna, mas esse homem pelo menos merecia a morte pelas leis de seu país. Contei a Holmes em que pé estava o assunto, meu coração borbulhando com gratidão e alegria.

– Então as roupas foram a morte do pobre diabo – disse ele. – É claro que o cão seguiu o rastro de algum artigo de *sir* Henry, a bota que foi subtraída no hotel, com toda a probabilidade, e, ainda assim, perseguiu este homem. Há uma coisa muito singular, no entanto: como Selden, na escuridão, sabia que o cão estava no seu encalço?

– Ele o ouviu.

– Ouvir um cão na charneca não faria um homem endurecido como esse condenado aumentar seu nível de terror a ponto de arriscar a recaptura gritando loucamente por ajuda. Pelos gritos, ele deve ter percorrido um longo caminho depois de saber que o animal estava no seu rastro. Como ele sabia?

– Um mistério maior para mim é por que esse cão, presumindo que todas as nossas conjecturas estejam corretas...

– Não presumo nada.

– Bem, então, por que o cão deveria estar à solta esta noite? Suponho que nem sempre ele corra solto na charneca. Stapleton não o soltaria a menos que tivesse razões para pensar que *sir* Henry estaria lá.

– A minha dificuldade é a mais formidável das duas, pois penso que, em breve, obteremos uma explicação da sua, enquanto a minha, por outro lado, pode permanecer para sempre um mistério. A questão agora é: o que faremos com o corpo deste pobre miserável? Não podemos deixá-lo aqui para as raposas e para os corvos.

– Sugiro que o coloquemos em uma das cabanas até podermos nos comunicar com a polícia.

– Exatamente. Não tenho dúvidas de que você e eu poderíamos levá-lo até lá. Ora, Watson, o que é aquilo? É o homem em pessoa, por tudo o que é belo e audacioso! Nem uma palavra para demonstrar suas suspeitas; nem uma palavra, ou meus planos cairão por terra.

Uma figura aproximava-se de nós sobre a charneca, e eu vi o baço brilho vermelho do charuto. A Lua brilhava sobre ele, e eu podia distinguir a forma aprazível e a caminhada alegre do naturalista. Ele parou quando nos viu, e depois voltou a andar.

– Ora, dr. Watson, não é o senhor, é? O senhor é o último homem que eu esperava ver na charneca a esta hora da noite. Mas, minha nossa, o que é isso? Alguém machucado? Não, não me diga que é nosso amigo *sir* Henry! – Ele passou rapidamente por mim e curvou-se sobre o morto. Ouvi uma respiração forte e o charuto caiu de seus dedos.

– Quem... quem é esse? – ele balbuciou.

– É Selden, o homem que escapou de Princetown.

Stapleton virou um semblante horrendo para nós; mas, por um esforço supremo, superou seu espanto e sua decepção. Ele olhou bruscamente de Holmes para mim.

– Valha-me Deus! Que situação chocante! Como ele morreu?

– Ele parece ter quebrado o pescoço ao cair sobre essas rochas. Meu amigo e eu estávamos passeando na charneca quando ouvimos um grito.

– Eu também ouvi um grito. Foi isso que me fez sair. Fiquei preocupado com *sir* Henry.

– Por que com *sir* Henry, em particular? – Não pude deixar de perguntar.

– Porque eu havia sugerido que ele viesse. Surpreendeu-me quando ele não apareceu, e naturalmente fiquei alarmado por sua segurança quando ouvi gritos na charneca. A propósito... seus olhos dispararam de novo do meu rosto para o de Holmes... ouviu alguma coisa além de um grito?

– Não – disse Holmes. – O senhor ouviu?

– Não.

– Como assim?

– Ah, os senhores sabem as histórias que os camponeses contam sobre um cão fantasma, e assim por diante. Diz-se que se ouve ele à noite na charneca. Eu queria saber se havia alguma evidência de tal som esta noite.

– Não ouvimos nada do tipo – disse eu.

– E qual é a sua teoria sobre a morte deste pobre coitado?

– Não tenho dúvidas de que a ansiedade e a exposição ao relento o fizeram perder o juízo perfeito. Ele correu pela charneca em um estado enlouquecido e, em dado momento, caiu aqui e quebrou o pescoço.

– Isso parece a teoria mais razoável – cogitou Stapleton, e deu um suspiro que eu supus indicar seu alívio. – O que acha disso, sr. Sherlock Holmes?

Meu amigo se curvou, à guisa de cumprimento.

– O senhor é rápido com as identificações – disse ele.

– Estamos esperando o senhor nestas bandas desde que o dr. Watson chegou. Chegou bem a tempo de presenciar uma tragédia.

– Sim, de fato. Não tenho dúvidas de que a explicação de meu amigo cobrirá os fatos. Vou levar uma recordação desagradável de volta a Londres comigo amanhã.

– Retorna amanhã?

– Essa é a minha intenção.

– Espero que sua visita tenha lançado alguma luz sobre as ocorrências que nos deixaram perplexos, sim?

Holmes encolheu os ombros.

– Nem sempre se pode ter o sucesso pelo qual se espera. Um investigador precisa de fatos, e não de lendas ou rumores. Não foi um caso satisfatório.

Meu amigo falava em sua maneira mais franca e mais despreocupada. Stapleton ainda olhava duro para ele, mas logo se virou para mim.

– Eu iria sugerir que levassem este pobre homem para a minha casa, contudo, isso deixaria minha irmã tão assustada que não me sinto justificado a fazê-lo. Acho que se colocarmos alguma coisa sobre o rosto dele estará seguro até de manhã.

E assim foi arranjado. Resistindo à oferta de hospitalidade de Stapleton, Holmes e eu partimos para Baskerville Hall, deixando o naturalista para retornar sozinho. Olhando para trás, vimos a figura se movendo lentamente sobre a larga extensão da charneca e, atrás dele, uma mancha negra na encosta prateada que mostrava onde estava deitado o homem que tinha chegado a seu fim de maneira tão horrível.

Capítulo 13

• PREPARANDO AS REDES •

— Estamos perto, finalmente — disse Holmes, enquanto caminhávamos juntos pela charneca. — Que ousadia o sujeito tem! A forma como ele se recompôs em face do que deve ter sido um choque paralisante quando descobriu que sua trama vitimara o homem errado. Eu lhe disse em Londres, Watson, e lhe repito agora, que nunca tivemos um inimigo mais digno do nosso aço.

— Lamento que ele o tenha visto.

— E eu também, mas não havia como sair dessa.

— Que efeito acha que terá sobre os seus planos agora que ele sabe que você está aqui?

— Pode fazer com que ele seja mais cauteloso, ou pode levá-lo a tomar medidas desesperadas de uma vez por todas. Como a maioria dos criminosos inteligentes, ele pode ter excesso de confiança na própria inteligência e imaginar que nos enganou completamente.

— Por que não o prendemos?

— Meu caro Watson, você nasceu para ser um homem de ação. Seu instinto é sempre fazer algo enérgico. Mas, suponhamos, por causa dos argumentos, que o tivéssemos detido esta noite, qual diabos seria a nossa vantagem nisso? Não poderíamos provar nada contra ele. Há a astúcia diabólica nisso tudo! Se ele estivesse operando por meio de um agente humano, poderíamos obter alguma evidência, mas nem que tivéssemos de arrastar este grande cão à luz do dia, isso não nos ajudaria a colocar uma corda no pescoço de seu mestre.

– Certamente temos um caso.

– Nem sombra de um. Apenas suposições e conjecturas. Seríamos ridicularizados no tribunal se chegássemos com tal história e tais provas.

– Há a morte de *sir* Charles.

– Encontrado morto sem uma marca sequer. Você e eu sabemos que ele morreu de puro susto, e sabemos também o que o assustou; mas como vamos conseguir que doze jurados impassíveis atestem? Que sinais há de um cão? Onde estão as marcas dos seus colmilhos? Claro que sabemos que um cão não morde um cadáver e que *sir* Charles estava morto antes que o animal o alcançasse. Mas temos de *provar* tudo isso, e não estamos em condições de fazê-lo.

– Bem, então, esta noite?

– Não estamos muito melhor esta noite. Novamente, não houve conexão direta entre o cão e a morte do homem. Nós nunca vimos o cão, apenas o ouvimos; mas não conseguimos provar que estava correndo no encalço desse homem. Há uma completa ausência de motivação. Não, meu caro amigo; devemos nos reconciliar com o fato de que não temos nenhum caso fechado no momento, e que vale a pena correr algum risco para estabelecer um.

– E como você se propõe a fazer isso?

— Tenho grandes esperanças do que a sra. Laura Lyons pode fazer por nós quando a situação for esclarecida. E também tenho meu próprio plano. Para amanhã já é suficiente o mal até agora encontrado; mas espero, finalmente, ter conseguido a vantagem antes que termine o dia.

Não consegui tirar mais nada dele, e ele caminhou, perdido em pensamentos, até os portões de Baskerville.

— Você vem?

— Sim; não vejo motivo para mais dissimulação. Mas uma última palavra, Watson. Não diga nada do cão a *sir* Henry. Deixe-o pensar que a morte de Selden foi como Stapleton queria que acreditássemos. Ele terá mais estrutura mental para a provação que terá de sofrer amanhã, quando estiver no compromisso, que eu me lembro bem de seu relatório, de jantar com aquelas pessoas.

— E eu também.

— Então você deve se desculpar, e ele deve ir sozinho. Isso será facilmente organizado. E agora, se estamos demasiado atrasados para o jantar, eu penso que ambos estamos prontos para a ceia.

Sir Henry ficou mais feliz do que surpreso ao ver Sherlock Holmes, pois há alguns dias esperava que os acontecimentos recentes o fizessem vir de Londres. Ele levantou as sobrancelhas, no entanto, quando descobriu que meu amigo não tinha nem bagagem, nem explicações para sua ausência. Entre nós, logo suprimos suas necessidades e, depois, durante uma ceia tardia, explicamos ao baronete tanto da nossa experiência, como pareceu desejável que ele devesse saber. Mas primeiro eu tive o desagradável dever de dar a notícia a Barrymore e a sua esposa. Para ele, pode ter sido um alívio absoluto, mas ela chorou amargamente em seu avental. Para todo o mundo, ele era o homem violento, meio animal e meio demônio; mas para ela, ele sempre permanecera o garotinho voluntarioso de sua infância, a criança que tinha se agarrado à sua mão. Perverso mesmo é o homem não ter uma mulher para chorar por ele.

– Tenho andado cabisbaixo em casa o dia inteiro desde que Watson saiu pela manhã – disse o baronete. – Acho que mereço algum crédito, pois mantive a minha promessa. Se eu não tivesse jurado não sair sozinho, poderia ter tido uma noite mais animada, pois recebi uma mensagem de Stapleton me convidando para ir lá.

– Não tenho dúvidas de que teria tido uma noite mais animada – ironizou Holmes. – A propósito, não creio que o senhor apreciaria que andamos pranteando o senhor por ter quebrado o pescoço?

Sir Henry abriu os olhos.

– Como assim?

– Um pobre miserável estava vestido com as suas roupas. Receio que o seu criado, que deu as roupas ao homem, possa ter problemas com a polícia.

– É improvável. Não havia marca minha em nenhuma delas, até onde eu sei.

– Sorte a dele. De fato, é uma sorte para todos vocês, já que estão todos do lado errado da lei neste assunto. Não tenho a certeza de que, como um detetive conscioso, meu primeiro dever não fosse prender todos os moradores da casa. Os relatórios de Watson são documentos muitíssimo incriminatórios.

– Mas e quanto ao caso? – perguntou o baronete. – Já chegou a alguma conclusão a partir do emaranhado? Não posso afirmar que Watson e eu tenhamos recebido muitos esclarecimentos desde que chegamos.

– Penso que estarei em posição de tornar a situação um pouco mais clara para você em breve. Tem sido um negócio extremamente difícil e muito complicado. Há vários pontos sobre os quais ainda queremos luz; mas, mesmo assim, as coisas estão se encaixando.

– Tivemos uma experiência, como Watson sem dúvida lhe disse. Ouvimos o cão na charneca; portanto, posso jurar que a superstição não é de todo vazia. Tive certa experiência com cães quando eu estava no oeste, e conheço um quando o ouço. Se puder colocar uma focinheira naquele e acorrentá-lo, estarei pronto para jurar que você é o maior detetive de todos os tempos.

– Acho que vou conseguir colocar a focinheira e acorrentá-lo, se puder me ajudar.

– O que me disser para fazer, eu vou fazer.

– Muito bom; e eu pedirei também para fazê-lo cegamente, sem nunca pedir o motivo.

– Como quiser.

– Se fizer isso, acho que as chances são de que nosso pequeno problema seja resolvido em breve. Não tenho dúvidas...

Sir Henry parou de repente e olhou fixo para cima, sobre minha cabeça. A luz batia-lhe sobre o rosto, e tão intenso ele estava e tão imóvel, que poderia ter sido a face de uma estátua clássica bem definida, uma personificação de alerta e expectativa.

– O que foi? – Nós dois exclamamos.

Notei, quando ele olhou para baixo, que *sir* Henry estava reprimindo alguma emoção interna. Suas feições ainda se mostravam compostas, mas seus olhos brilhavam com divertida alegria.

— Ignorem a admiração de um *connaisseur* — disse ele, apontando para a fileira de retratos que cobria a parede oposta. — Watson não dirá que eu saiba alguma coisa de arte, mas isso é apenas inveja, porque nossas opiniões sobre o assunto diferem. Apesar de tudo, esta é realmente uma belíssima série de retratos.

— Bem, fico feliz em ouvi-lo dizer — afirmou *sir* Henry, olhando com alguma surpresa para o meu amigo. — Não finjo saber muito sobre essas coisas, mas seria um melhor juiz de um cavalo ou de um boi do que de um retrato. Eu não sabia que você encontrava tempo para essas coisas.

— Eu sei o que é bom quando vejo, e estou vendo agora. Aquele é um Kneller, eu juro; a dama na seda azul lá em cima e o cavalheiro robusto com a peruca devem ser um Reynolds. São todos retratos de família, presumo?

— Todos eles.

— Sabe os nomes?

— Barrymore tem me ensinado, e acho que posso repetir minhas lições bastante bem.

— Quem é o cavalheiro com o telescópio?

— Trata-se do contra-almirante Baskerville, que serviu sob Rodney nas Índias Ocidentais. O homem com o casaco azul e o rolo de papel é *sir* William Baskerville, que foi presidente dos Comitês da Câmara dos Comuns sob o governo de Pitt.

— E esse *cavalier* diante de mim, o de veludo preto e renda?

— Ah, você tem o direito de saber sobre ele. Essa é a causa de todo o mal, o ímpio Hugo, que começou o Cão dos Baskerville. Não há como o esquecermos.

Olhei com interesse e alguma surpresa para o retrato.

– Puxa vida! – exclamou Holmes. – Parece um homem quieto, manso e educado o suficiente, mas ouso dizer que havia um demônio espreitando em seus olhos. Eu o tinha imaginado como uma pessoa mais robusta e violenta.

– Não há dúvida sobre a autenticidade, pois o nome e a data, 1647, estão no verso da tela.

Holmes falou pouco além disso, mas a imagem do velho fanfarrão lhe parecia exercer um fascínio, e seus olhos se fixaram continuamente sobre ele durante a ceia. Foi só mais tarde, quando *sir* Henry já tinha se recolhido para seus aposentos, que fui capaz de seguir o caminho dos pensamentos de Holmes. Ele me levou de volta para a sala de banquete, vela de quarto em mãos, e a segurou contra o retrato na parede, manchado pelo tempo.

– Está vendo alguma coisa ali?

Olhei para o chapéu largo de plumas, as fitas encaracoladas, o colarinho de renda branco e o rosto direto e severo emoldurado entre eles. Não era um semblante brutal, mas era austero, duro e inflexível, com uma boca firme de lábios finos e um olhar frio e intolerante.

– Parece alguém que você conhece?

– Há algo de *sir* Henry no maxilar.

– Apenas uma sugestão, talvez. Mas espere um instante!

Ele ficou em pé sobre uma cadeira e, segurando a luz na mão esquerda, curvou o braço direito sobre o chapéu largo e rodeou os longos cachos.

– Deus do céu! – gritei, assombrado.

O rosto de Stapleton surgira da tela.

– Aha, agora você vê. Meus olhos foram treinados para examinar rostos e não suas guarnições. Enxergar além de um disfarce é a primeira qualidade de um investigador criminal.

– Mas isso é maravilhoso. Poderia ser o retrato dele.

– Sim, é um exemplo interessante de um retrocesso, que parece ser físico e espiritual. Um estudo dos retratos familiares é suficiente para converter um homem à doutrina da reencarnação. O sujeito é um Baskerville; isso é evidente.

– Com desejos de sucessão.

– Exatamente. Esse acaso do quadro nos proporcionou um de nossos elos faltantes mais óbvios. Nós o pegamos, Watson, nós o pegamos, e eu me atrevo a jurar que antes de amanhã à noite ele estará tremulando em nossa rede, tão impotente quanto uma de suas próprias borboletas. Um alfinete, uma cortiça e um cartão, e nós o adicionamos à coleção de Baker Street!

Ele irrompeu em um de seus raros ataques de riso enquanto se afastava da imagem. Eu não o ouvira rir muitas vezes, e seu riso sempre guardava mau agouro para alguém.

Acordei cedo de manhã, mas Holmes estava em pé antes, porque o vi enquanto me vestia, subindo o caminho até a casa.

– Sim, devemos ter um dia cheio hoje – ele comentou, e esfregou as mãos com a alegria da ação. – As redes estão todas no lugar, e o arrasto está prestes a começar. Saberemos, antes do fim do dia, se pegamos nosso lúcio de maxilares estreitos, ou se ele atravessou as malhas da rede.

– Você já esteve na charneca hoje?

– Mandei uma correspondência de Grimpen para Princetown sobre a morte de Selden. Acho que posso prometer que nenhum de vocês terá o transtorno dessa tarefa. E também me comuniquei com o meu fiel Cartwright, que certamente teria ficado plantado na porta da minha cabana, como um cão faz no túmulo do seu mestre, se eu não o tivesse tranquilizado sobre a minha segurança.

– Qual é o próximo passo?

• Preparando as redes •

— Ver *sir* Henry. Ah, aqui está ele!

— Bom dia, Holmes — disse o baronete. — Você parece um general planejando uma batalha com o chefe de sua tropa.

— Essa é a situação exata. Watson estava pedindo ordens.

— Assim como eu.

— Muito bom. Você tem o compromisso, como entendo, de jantar com nossos amigos Stapleton hoje à noite.

— Espero que venha também. Eles são pessoas muito hospitaleiras, e estou certo de que ficariam muito felizes em vê-lo.

— Temo que Watson e eu devamos ir para Londres.

— Para Londres?

— Sim, penso que devemos ser mais úteis lá, na atual conjuntura.

O rosto do baronete ficou visivelmente desapontado.

— Esperava que me fossem acompanhar até o desfecho desse caso. Baskerville Hall e a charneca não são lugares muito agradáveis quando se está sozinho.

— Meu caro amigo, deve confiar em mim implicitamente e fazer o que eu digo à risca. Pode dizer aos seus amigos que ficaríamos felizes por tê-lo acompanhado, mas que assuntos urgentes exigiram que voltássemos para a cidade. Esperamos muito em breve estar de volta a Devonshire. Você se lembrará de transmitir-lhes essa mensagem?

— Se insiste nisso.

— Não há alternativa, asseguro.

Vi pela fronte confusa do baronete que ele estava profundamente ofendido pelo que considerava a nossa deserção.

— Quando desejam ir? — perguntou com frieza.

— Imediatamente após o desjejum. Vamos de coche até Coombe Tracey, mas Watson deixará os pertences dele como prova de que voltará para vê-lo. Watson, pode enviar um recado para Stapleton lhe dizendo que lamenta não poder comparecer?

– Estou pensando seriamente em ir a Londres com vocês – reagiu o baronete. – Por que eu deveria ficar aqui sozinho?

– Porque é o seu posto de dever. Porque me deu a sua palavra de que faria o que eu lhe dissesse, e eu digo para ficar.

– Está bem, então, vou ficar.

– Mais uma instrução! Desejo que vá de charrete até a Merripit House. Porém, mande o transporte de volta, e informe-os de que pretende voltar para casa a pé.

– Caminhar cruzando a charneca?

– Sim.

– Mas essa é a mesma atitude que você tão frequentemente me advertiu para não tomar.

– Desta vez, pode fazê-lo com segurança. Se eu não tivesse toda a confiança em sua coragem e ousadia eu não faria essa sugestão, mas é essencial que o faça.

– Então eu farei.

– E se valoriza a sua vida, não atravesse a charneca em qualquer direção salvo pelo caminho reto que leva de Merripit House para a estrada Grimpen, que é o seu caminho natural para casa.

– Farei exatamente o que diz.

– Muito bom. Eu ficaria muito contente em partir tão logo após o desjejum quanto possível, para chegar a Londres na parte da tarde.

Fiquei muito espantado com essa programação, embora me lembrasse de que Holmes dissera a Stapleton na noite anterior que sua visita terminaria no dia seguinte. Não me passou pela cabeça, no entanto, que ele desejasse me levar consigo, nem eu podia compreender como ambos poderíamos nos ausentar em um momento que ele próprio declarava crítico. No entanto, não havia nada ali que não fosse obediência implícita; então nos despedimos de nosso triste amigo, e um par de horas depois estávamos na estação de Coombe Tracey e tínhamos despachado a charrete em sua viagem de regresso. Um garoto pequeno aguardava na plataforma.

– Alguma ordem, senhor?

– Pegue este trem até a capital, Cartwright. Assim que chegar, envie um telegrama a *sir* Henry Baskerville, em meu nome, dizendo que, se encontrar a carteira que deixei cair, que a envie por correio registrado para Baker Street.

– Sim, senhor.

– E pergunte no escritório da estação se há alguma mensagem para mim.

O menino voltou com um telegrama, que Holmes me entregou. Dizia:

Telegrama recebido. A caminho com mandado sem assinatura. Chego cinco e quarenta.

– Lestrade.

– Este telegrama é uma resposta ao que eu enviei hoje de manhã. Ele é o melhor dos profissionais, eu acho, e podemos precisar de sua ajuda. Agora, Watson, penso que não podemos empregar melhor o nosso tempo do que fazendo uma visita à sua conhecida, sra. Laura Lyons.

Seu plano de campanha começava a ficar evidente. Ele usaria o baronete para convencer os Stapleton de que realmente estávamos fora, enquanto, de fato, retornaríamos no momento exato em que seríamos provavelmente necessários.

Esse telegrama de Londres, se mencionado por *sir* Henry aos Stapleton, deveria remover as últimas suspeitas da mente deles. Eu já parecia ver nossas redes se aproximando mais do lúcio de maxilares estreitos.

A sra. Laura Lyons estava em seu escritório, e Sherlock Holmes iniciou a entrevista com tal franqueza, indo direto ao ponto, que a surpreendeu consideravelmente.

– Estou investigando as circunstâncias pertinentes à morte do falecido *sir* Charles Baskerville – iniciou ele. – Meu amigo aqui, o dr. Watson, informou-me o que a senhora comunicou e também o que omitiu em conexão com esse assunto.

– O que eu omiti? – ela perguntou, desafiante.

– A senhora confessou que pediu a *sir* Charles que estivesse no portão às dez horas. Sabemos que esse foi o lugar e a hora da morte dele. A informação omitida é qual é a conexão entre esses eventos.

– Não há conexão.

– Nesse caso, a coincidência deve ser mesmo extraordinária. Apesar disso, creio que teremos sucesso em estabelecer uma conexão, afinal de contas. Quero lhe ser perfeitamente franco, sra. Lyons. Nós consideramos esse como um caso de assassinato, e as provas implicam não só o seu amigo sr. Stapleton, mas também a esposa dele.

A mulher saltou da cadeira.

– A esposa! – ela exclamou.

– O fato não é mais um segredo. A pessoa que se passa por irmã dele é, em verdade, a esposa.

A sra. Lyons havia retomado seu assento. Suas mãos seguravam os braços da cadeira, e eu vi que as unhas rosadas tinham ficado brancas com a pressão de apertá-los.

– A esposa! – repetiu a mulher. – A esposa! Ele não é um homem casado.

Sherlock Holmes encolheu os ombros.

– Prove para mim! Prove para mim! E se puder fazê-lo...! – O brilho feroz dos olhos dela era mais eloquente do que qualquer palavra.

– Eu vim preparado para fazer isso – reagiu Holmes, tirando vários papéis do bolso. – Aqui está uma fotografia do casal, tirada em York há quatro anos. É assinada "sr. e sra. Vandeleur", mas a senhora não terá nenhuma dificuldade em reconhecê-lo, e ela também, se a conhecer de vista. Aqui estão três descrições escritas por testemunhas confiáveis do sr. e da sra. Vandeleur, que naquela época administravam a escola particular St. Oliver's. Leia-os e veja se pode duvidar da identidade dessas pessoas.

Ela olhou para os papéis e, então, olhou para nós com o rosto fixo e rígido de uma mulher desesperada.

– Sr. Holmes – ela disse –, este homem me ofereceu casamento com a condição de que eu pudesse me divorciar de meu marido. Ele mentiu para mim, aquele vilão, de todas as formas concebíveis. Nunca me disse uma palavra de verdade. E por que... por quê? Imaginei que tudo era por minha causa. Mas agora vejo que nunca fui nada além de uma ferramenta nas mãos dele. Por que eu deveria preservar em relação a ele a fé que ele nunca teve por mim? Por que eu deveria tentar protegê-lo das consequências de seus próprios atos perversos? Pergunte-me o que o senhor desejar, e não há nada que eu vá guardar para mim. Uma coisa eu juro, e é que quando eu escrevi a carta, nunca sonhei em causar nenhum mal ao velho cavalheiro, que tinha sido meu amigo mais bondoso.

— Acredito inteiramente, senhora — disse Sherlock Holmes. — O recital desses eventos deve ser muito doloroso para a senhora, e talvez torne mais fácil se eu lhe disser o que ocorreu, e pode me corrigir se eu cometer algum erro material. O envio dessa carta foi sugerido por Stapleton?

— Ele a ditou.

— Suponho que a razão que ele deu foi que a senhora iria receber ajuda de *sir* Charles para as despesas legais relacionadas com o seu divórcio?

— Exatamente.

— E depois de ter enviado a carta, ele dissuadiu a senhora de manter o compromisso?

— Ele me disse que macularia seu respeito próprio se qualquer outro homem despendesse o dinheiro para tal objeto, e que, embora fosse um homem pobre, dedicaria seu último centavo a remover os obstáculos que nos separavam.

— Parece ter um caráter muito firme. E então a senhora não ouviu nada até ler os relatórios da morte no jornal?

— Não.

— E ele a fez jurar não dizer nada sobre seu encontro com *sir* Charles?

— Ele fez. Disse que a morte era muito misteriosa, e que eu certamente seria suspeita se os fatos viessem à tona. Ele me assustou para ficar em silêncio.

— Muito bem. Mas a senhora tinha suas suspeitas?

Ela hesitou e olhou para baixo.

— Eu o conhecia — respondeu a sra. Lyons. — Mas se ele tivesse sido honesto comigo, eu sempre o teria sido com ele.

— Acho que, de modo geral, a senhora conseguiu uma fuga afortunada — concluiu Sherlock Holmes. — A senhora o tinha em seu poder e ele sabia disso, e ainda assim está viva. Há alguns meses, a senhora tem andado à beira de um precipício. Temos de lhe desejar uma boa manhã agora, sra. Lyons, e é provável que volte a ter notícias nossas em breve.

– Nosso caso se torna redondo, e dificuldade após dificuldade se atenua diante de nós – sintetizou Holmes, enquanto esperávamos a chegada do expresso da capital. – Logo estarei em posição de ser capaz de colocar em uma única narrativa conectada um dos crimes mais singulares e sensacionais dos tempos modernos. Estudantes de criminologia se lembrarão dos incidentes análogos em Godno, na Pequena Rússia, no ano de 1866, e claro que há os assassinatos de Anderson na Carolina do Norte, mas este caso possui algumas características inteiramente próprias. Mesmo agora não temos um caso claro contra esse muito astuto homem. Mas ficarei muito surpreso se não estiver suficientemente esclarecido antes de irmos para a cama esta noite.

O expresso londrino entrou rugindo na estação, e um homem pequeno parecido com um buldogue surgiu de um vagão de primeira classe. Nós três trocamos apertos de mãos, e eu vi imediatamente a maneira reverente com que Lestrade olhava para meu companheiro, de quem ele havia descoberto muita coisa desde os dias em que trabalharam juntos pela primeira vez. Lembro-me bem do desprezo que as teorias do homem intelectual costumavam causar no homem prático.

– Alguma coisa de bom? – ele perguntou.

– A maior coisa dos últimos anos – regalou-se Holmes. – Temos duas horas antes de precisarmos pensar em começar. Acho que podemos usá-las para jantar e depois, Lestrade, tiraremos o *fog* londrino da sua garganta ao lhe darmos um sopro de ar puro da noite de Dartmoor. Não esteve lá? Ah, bem, duvido que irá esquecer a primeira visita.

Capítulo 14

• O Cão dos Baskerville •

Um dos defeitos de Sherlock Holmes – se é que, de fato, se podia chamar de defeito – era que ele abominava extremamente comunicar seus planos completos a qualquer outra pessoa até o instante em que eles estivessem realizados. Em parte, isso vinha, sem dúvida, de sua própria natureza magistral, que gostava de dominar e surpreender aqueles que estavam ao seu redor. Em parte, também, por sua cautela profissional, que o exortava a nunca se arriscar. O resultado, no entanto, era um grande desafio para aqueles que estavam agindo como seus agentes e assistentes. Muitas vezes sofri sob essa situação, mas nunca mais do que durante aquela longa viagem na escuridão. A grande provação estava à nossa espera; estávamos prestes a fazer nosso último esforço, e, mesmo assim, Holmes não dizia nada. Só me restava imaginar qual seria seu curso de ação. Meus nervos vibraram de expectativa quando enfim o vento frio em nosso rosto e os espaços escuros e vazios em ambos os lados da estrada estreita me disseram que estávamos de volta à charneca. Cada passo dos cavalos e cada giro das rodas nos aproximava de nossa aventura derradeira.

Nossa conversa era prejudicada pela presença do condutor da charrete alugada, de modo que fomos forçados a falar de assuntos triviais, quando nossos nervos estavam tensos de emoção e expectativa. Foi um alívio para mim, depois dessa restrição antinatural, quando finalmente passamos pela casa de Frankland e soubemos que estávamos nos aproximando de Baskerville Hall e da cena de ação. Não fomos de transporte até a porta, mas chegamos perto do portão da avenida. A charrete foi paga, e a mandamos de volta para Coombe Tracey imediatamente. Em seguida, começamos a caminhar até Merripit House.

– Está armado, Lestrade?

O pequeno detetive sorriu.

– Enquanto eu tiver minhas calças, tenho um bolso traseiro, e enquanto tiver um bolso traseiro, vou ter algo dentro dele.

– Que bom! Meu amigo e eu também estamos prontos para emergências.

– O senhor está muito fechado sobre esse caso, sr. Holmes. Qual é o jogo agora?

– Um jogo de espera.

– Dou minha palavra, esse não parece um lugar muito alegre – o detetive com um arrepio, olhando ao redor de si para as ondulações sombrias da colina e para o enorme lago de neblina que jazia sobre o brejo Grimpen. – Vejo as luzes de uma casa à nossa frente.

– É a Merripit House, e o destino final da nossa viagem. Devo lhe pedir para caminhar na ponta dos pés e não falar mais alto do que em sussurros.

Prosseguimos cautelosamente ao longo da trilha como se seguíssemos a caminho da casa, mas Holmes parou quando estávamos a cerca de duzentos metros.

— Isso vai servir — disse ele. — Estas rochas à direita formam uma proteção admirável.

— Vamos esperar aqui?

— Sim, armaremos nossa pequena emboscada aqui. Entre nesta cavidade, Lestrade. Você esteve dentro da casa, não é, Watson? Pode dizer a posição dos quartos? O que são essas janelas de treliça daquele lado?

— Acho que são as janelas da cozinha.

— E aquela mais além, que brilha tão forte?

— Essa é certamente a sala de jantar.

— As persianas estão abertas. Você conhece melhor o terreno. Vá pé ante pé e veja o que eles estão fazendo; mas, pelo amor de Deus, não os deixe perceber que estão sendo observados!

Fui na ponta dos pés pelo caminho e me inclinei atrás da parede baixa que cercava o pomar definhado. Arrastando-me em sua sombra, cheguei a um ponto onde eu poderia olhar diretamente através da janela sem cortinas.

Havia apenas dois homens na sala, *sir* Henry e Stapleton. Ambos estavam sentados de perfil em relação a mim, um de frente para o outro em uma mesa redonda. Ambos fumavam charuto, e café e vinho estavam na frente deles. Stapleton falava com animação, mas o baronete parecia pálido e distraído. Talvez o pensamento daquela caminhada solitária sobre a charneca agourenta exercesse um grande peso em sua mente.

Enquanto eu os observava, Stapleton levantou-se e saiu da sala. Já *sir* Henry encheu de novo a taça e se recostou na cadeira, baforando seu charuto. Ouvi o rangido de uma porta e o som de botas sobre o cascalho. Os passos seguiram ao longo do caminho do outro lado da parede onde eu me agachava. Dei uma olhada e vi o naturalista parar na porta de uma casinha no canto do pomar. Uma chave girou em uma fechadura e, quando ele entrou lá, veio um ruído curioso de algo se movendo rapidamente. Ele ficou lá dentro apenas por um minuto, mais ou menos. Então ouvi a chave girar mais uma vez, ele passou por mim e entrou de novo na casa. Eu o vi reunir-se com seu convidado, e rastejei silenciosamente de volta para onde meus companheiros estavam esperando que eu lhes dissesse o que tinha visto.

– Você diz, Watson, que a mulher não está lá? – Holmes perguntou, quando terminei meu relatório.

– Não.

– Onde ela pode estar, pois, já que não há luz em nenhum outro cômodo se não na cozinha?

– Não consigo pensar em que lugar.

Eu disse que sobre o grande brejo Grimpen pairava uma névoa densa, branca. Vinha soprando lentamente em nossa direção e se acumulava como uma parede naquele lado de nós: baixa, mas espessa e bem definida. A Lua brilhava sobre ela. Parecia um grande campo de gelo cintilante, com os cimos dos pináculos distantes assemelhados a rochas perfurando sua superfície. O rosto de Holmes virou-se para lá, e ele murmurou impaciente enquanto observava a lenta deriva da massa de névoa.

– Está vindo em nossa direção, Watson.

– Isso é grave?

– Muito grave, de fato; a única coisa na terra que poderia ter desorganizado meus planos. Ele não deve demorar muito, agora. Já são dez horas. Nosso sucesso e até mesmo a vida dele podem depender que ele saia antes que a cerração esteja sobre o caminho.

A noite estava clara e bonita acima de nós. As estrelas brilhavam frias e cintilantes, enquanto uma meia-lua banhava toda a cena com uma luz suave e incerta. Diante de nós, jazia o volume escuro da casa, seu telhado serrilhado e as chaminés eriçadas, delineando-se contra o céu que parecia salpicado de lantejoulas prateadas. Grandes barras de luz dourada das janelas inferiores se estendiam pelo pomar e pela charneca. Uma delas foi subitamente fechada. Os criados tinham saído da cozinha. Só restava a lâmpada na sala de jantar onde os dois homens, o anfitrião assassino e o convidado inocente, ainda conversavam fumando seus charutos.

A cada minuto que passava, aquela planície branca de lã que cobria metade da charneca se aproximava cada vez mais da casa. Os primeiros fios finos já ondulavam sobre o quadrado dourado da janela iluminada. A parede mais distante do pomar já não era mais visível, e as árvores se elevavam entre um redemoinho de vapor branco. Enquanto o observávamos, as grinaldas de nevoeiro vieram rastejando pelos dois cantos da casa e rolaram lentamente em um banco denso, na qual o andar superior e o telhado flutuavam como um navio estranho sobre um mar de sombras. Apaixonadamente, Holmes golpeou com a mão a rocha à nossa frente e bateu os pés para extravasar sua impaciência.

– Se ele não estiver fora da casa em um quarto de hora, o caminho será encoberto. Dentro de meia hora, não poderemos ver nossas mãos diante de nós.

– Podemos recuar e encontrar um terreno mais alto?

– Sim, acho que seria melhor.

Enquanto a barreira de neblina fluía adiante, nós pegamos a direção oposta até chegarmos a uns oitocentos metros da casa, e, ainda assim, aquele mar branco e denso, com a Lua prateando sua superfície, prosseguia lenta e inexoravelmente.

– Estamos nos afastando demais – queixou-se Holmes. – Não vamos ousar correr o risco de ele ser ultrapassado antes que possa nos alcançar. A qualquer custo, devemos nos manter no terreno onde estamos. – Ele caiu de joelhos e encostou o ouvido no chão. – Graças a Deus, acho que o ouço se aproximar.

Um som de passos rápidos quebrou o silêncio da charneca. Agachados entre as pedras, olhávamos atentamente para a massa de superfície prateada à nossa frente. Os passos ficaram mais altos, e através da névoa, como se atravessando uma cortina, apareceu o homem que estávamos esperando. Ele olhou ao redor de si, surpreso, assim que emergiu na clara noite estrelada. Então apressou o passo pelo caminho, passou perto de onde estávamos e subiu a longa encosta atrás de nós. Enquanto caminhava, ele olhava continuamente por cima dos dois ombros, como um homem que não está à vontade.

– Psiu! – exclamou Holmes, e ouvi o clique agudo de uma pistola sendo armada. – Cuidado! Está vindo!

Ouviu-se um som de passos – contínuo, tênue e seco – vindo de algum lugar no coração daquela massa rastejante. A nuvem estava a menos de cinquenta metros de onde nos encontrávamos, e a fitávamos, nós três, sem saber qual horror estava prestes a irromper do coração dela. Eu estava no cotovelo de Holmes, e olhei por um instante para seu rosto. Mostrava-se pálido e exultante, os olhos brilhantes sob o luar. Mas, de repente, voltaram-se para frente alarmados, fixos e rígidos. Os lábios se separaram em espanto. No mesmo instante, Lestrade deu um grito de terror e jogou-se de bruços no chão. Levantei-me de repente, minha mão inerte segurando a pistola, minha mente paralisada pela forma terrível que surgira sobre nós das sombras da bruma. Era um cão, um enorme cão negro como carvão, mas um que os olhos mortais jamais viram. Fogo irrompia de sua boca aberta, seus olhos brilhavam com um brilho ardente, o focinho, os pelos e a pele flácida do pescoço eram delineados em labaredas de chama. Nunca o sonho delirante de um cérebro desordenado poderia conceber algo mais selvagem, mais terrível, mais infernal do que aquela forma escura e selvagem que irrompeu da parede de bruma.

Com linhas longas, a enorme criatura preta dava saltos pela trilha, seguindo duramente os passos de nosso amigo. Tão paralisado ficamos pela aparição que acabamos permitindo que ele passasse antes que tivéssemos recuperado a presença de espírito. Então Holmes e eu disparamos ao mesmo tempo, e a criatura deu um uivo horrendo, demonstrando que pelo menos um projétil o atingira. Ele não parou, entretanto, mas continuou em frente. Bem adiante, ainda no caminho, vimos *sir* Henry olhar para trás, o rosto branco ao luar, as mãos erguidas de horror, olhando furiosamente para a coisa terrível que o caçava.

Mas aquele grito de dor do cão tinha soprado todos os nossos medos para os ventos. Se ele era vulnerável, era mortal, e se pudéssemos feri-lo, poderíamos matá-lo. Nunca vi um homem correr tanto como Holmes correu naquela noite. Sou conhecido por ter os pés velozes, mas ele superou minha velocidade tanto quanto eu superei a do diminuto profissional. Adiante de nós, enquanto voávamos pela trilha, ouvimos o grito de *sir* Henry e o rugido profundo do cão. Cheguei a tempo de ver o monstro saltar sobre sua vítima, jogá-la no chão e atacar sua garganta. Contudo, no instante seguinte, Holmes tinha esvaziado cinco câmaras do tambor de seu revólver no flanco da criatura.

Com um último uivo de agonia e um feroz ataque no ar, ele girou sobre as costas, quatro patas agitando-se furiosamente, e depois caiu, inerte, de lado. Eu me inclinei, ofegante, e pressionei a pistola na terrível cabeça cintilante, mas era inútil apertar o gatilho. O cão gigante estava morto.

Sir Henry estava desmaiado no ponto onde havia caído. Rasgamos seu colarinho, e Holmes emitiu uma oração de gratidão quando vimos que não havia sinal de ferida e que o resgate tinha chegado a tempo. As pálpebras do nosso amigo já tremiam e ele fez um esforço débil para se mover. Lestrade empurrou seu frasco de conhaque entre os dentes do baronete, e dois olhos assustados nos espiaram.

– Meu Deus! – ele sussurrou. – O que foi isso? O que, em nome do céu, era aquilo?

– Está morto, seja o que for – disse Holmes. – Derrotamos o fantasma da família de uma vez por todas.

Meramente em tamanho e força, a criatura estendida diante de nós já podia ser considerada terrível. Não era um *bloodhound* puro e não era um puro mastim inglês; mas parecia uma combinação dos dois: macilento, selvagem e tão grande como uma leoa pequena. Mesmo agora, na imobilidade da morte, as enormes mandíbulas pareciam pingar uma chama azulada e os olhos pequenos, profundos e cruéis, estavam rodeados de fogo. Coloquei a mão sobre o focinho brilhante, e quando a ergui, meus dedos também pareciam incandescentes e reluzentes na escuridão.

– Fósforo – disse eu.

– Uma preparação astuciosa dele – disse Holmes, cheirando o animal morto. – Não há odor que possa ter interferido no sentido de olfato do animal. Devemos profundas desculpas, *sir* Henry, por tê-lo exposto a esse susto. Eu estava preparado para um cão, mas não para uma criatura como esta. E o nevoeiro nos deu pouco tempo para recebê-lo.

– O senhor salvou minha vida.

– Tendo antes disso a colocado em perigo. Tem forças o suficiente para ficar em pé?

– Deem-me mais um pouco desse conhaque e estarei pronto para qualquer coisa. Assim! Agora, se puder me ajudar a levantar. O que propõe fazermos?

– Deixá-lo aqui. O senhor não está apto para mais aventuras esta noite. Se fizer a gentileza de esperar, um ou outro de nós irá acompanhá-lo de volta à casa.

Ele tentou cambalear para ficar em pé; porém, ainda estava pálido e tremia dos pés à cabeça. Nós o ajudamos até chegar a uma rocha, onde ele se sentou, trêmulo, com o rosto enterrado nas mãos.

– Temos de deixá-lo agora – falou Holmes. – O resto do nosso trabalho deve ser feito, e cada segundo é importante. Temos o nosso caso, e agora só queremos o nosso homem.

– Aposto mil contra um que não vamos encontrá-lo na casa – ele continuou, enquanto voltávamos às pressas pelo caminho de nossas pegadas. – Aqueles tiros devem tê-lo informado de que o jogo estava em andamento.

– Estávamos a alguma distância, e este nevoeiro pode ter abafado o barulho dos disparos.

– Ele seguiu o cão para chamá-lo de volta, disso pode ter certeza. Não, a essa altura ele já se foi! Mas vamos procurar a casa e ter certeza.

A porta da frente estava aberta, então entramos apressadamente de cômodo em cômodo, para o assombro de um velho criado, que nos encontrou no corredor. Não havia luz senão na sala de jantar, mas Holmes pegou o lampião e não deixou nenhum canto da casa inexplorado. Nenhum sinal conseguimos ver do homem que estávamos perseguindo. No piso superior, no entanto, uma das portas do quarto estava trancada.

– Há alguém aqui dentro – exclamou Lestrade. – Posso ouvir um movimento. Abra esta porta!

Um ligeiro gemido e um sussurro vieram de dentro. Holmes atingiu a porta logo acima da fechadura com a sola do pé, e a porta escancarou-se. Pistola na mão, nós três entramos correndo.

Porém, lá dentro não havia nenhum sinal daquele vilão desesperado e desafiador que esperávamos ver. Em vez disso, fomos confrontados por um objeto tão estranho e tão inesperado que ficamos por um momento espantados olhando para ele.

O quarto havia sido transformado em um pequeno museu, e as paredes eram ladeadas por uma série de caixas com tampa de vidro cheias daquela coleção de borboletas e mariposas cuja criação era o passatempo daquele complexo e perigoso homem. No centro dessa sala havia um pilar vertical, colocado ali em algum período para dar suporte aos caibros de madeira, corroídos pelos vermes, que sustentavam o telhado. A esse poste estava amarrada uma pessoa, tão apertada e sufocada nos lençóis usados para enrolá-la que não se podia dizer de nenhum modo se era homem ou se era mulher. Uma toalha passava em volta da garganta e estava amarrada na parte de trás do pilar. Outra cobria a parte inferior do rosto, e, acima dela, dois olhos escuros – olhos cheios de dor e vergonha e de um questionamento terrível – olhavam para nós. Em um minuto tínhamos arrancado a mordaça e desenrolado os panos, e a sra. Stapleton desabou no chão diante de nós. Quando sua bela cabeça caiu sobre o peito, eu vi o evidente vergão vermelho de um chicote em seu pescoço.

— Aquele selvagem! — exclamou Holmes. — Aqui, Lestrade, seu frasco de conhaque! Coloque-a na cadeira! Ela desmaiou de maus-tratos e exaustão.

Ela abriu os olhos novamente.

— Ele está a salvo? — ela perguntou. — Ele escapou?

— Ele não pode fugir de nós, madame.

— Não, eu não queria dizer o meu marido. *Sir* Henry? Ele está a salvo?

— Sim.

— E o cão?

— Está morto.

Ela deu um longo suspiro de satisfação.

— Graças a Deus! Graças a Deus! Oh, aquele vilão! Veja como ele me tratou! — Ela tirou os braços de dentro das mangas, e vimos com horror que estavam todos cobertos de hematomas. — Mas isso não é nada... nada! Foi a minha mente e a minha alma que ele torturou e contaminou. Eu poderia suportar tudo, maus-tratos, solidão, uma vida de mentiras, tudo, se ainda pudesse me agarrar à esperança de que eu tinha o amor dele, mas agora sei que nisso também fui ludibriada e usada como joguete. — A senhora se debulhava em pranto emocionado enquanto falava.

— Não dispense a ele nenhuma boa vontade, senhora — disse Holmes. — Diga-nos onde podemos encontrá-lo. Se o ajudou no mal, ajude-nos agora e se redima.

— Só existe um lugar para onde ele pode ter fugido — ela respondeu. — Há uma antiga mina de estanho em uma ilha no coração do brejo. Foi lá que ele manteve o cão e lá também que ele fez os preparativos para que pudesse ter um refúgio. É para lá que ele fugiria.

A massa de nevoeiro era como como lã branca de encontro à janela. Holmes segurou a lâmpada na direção dela.

– Veja – emendou. – Ninguém poderia se orientar e encontrar o caminho para o brejo Grimpen esta noite.

Ela riu e bateu palmas. Seus olhos e dentes reluziram com alegria feroz.

– Ele pode encontrar o caminho para ir, mas nunca para sair – ela exclamou. – Como ele verá as varinhas guias esta noite? Nós as plantamos juntos, ele e eu, para marcar o caminho para sair do atoleiro. Ah, se eu ao menos pudesse tê-las arrancado hoje. Aí, sem a menor dúvida, os senhores o teriam à sua mercê!

Era evidente para nós que toda a perseguição era vã até que a neblina se levantasse. Enquanto isso, deixamos Lestrade na vigia da casa, enquanto Holmes e eu voltávamos com o baronete para Baskerville Hall. A história dos Stapleton não podia mais ser ocultada, mas ele recebeu o golpe com coragem quando soube a verdade sobre a mulher que ele amava. No entanto, o choque das aventuras da noite havia deixado seus nervos em frangalhos e, antes do amanhecer, ele delirava, acometido por uma febre alta, sob os cuidados do dr. Mortimer. Os dois estavam destinados a viajar juntos ao redor do mundo antes de *sir* Henry se tornar mais uma vez o homem sadio e cordial que era antes de se tornar o senhor daquela agourenta propriedade.

E agora chego rapidamente à conclusão desta singular narrativa, na qual tentei fazer com que o leitor compartilhasse dos sombrios medos e das vagas surpresas que nublaram nossas vidas por tanto tempo e que terminaram de maneira tão trágica. Na manhã seguinte à morte do cão, a neblina havia se levantado e fomos guiados pela sra. Stapleton até o ponto em que haviam encontrado um caminho pelo atoleiro. Pudemos perceber o horror da vida daquela mulher quando percebemos a ânsia e a alegria com que ela nos colocou no caminho do marido. Nós a deixamos parada sobre a fina península de terra firme e turfa que se afunilava até acabar no atoleiro. Do final dele, uma pequena varinha enterrada aqui e acolá mostrava onde o caminho entre os tufos de juncos, entre os poços cheios de escuma verde e as porções de pântano asqueroso que impediam que um estranho prosseguisse. Juncos e plantas aquáticas exuberantes e viscosas emanavam um fedor de podridão e um pesado vapor miasmático sobre nossos rostos. Um passo em falso nos mergulhou mais de uma vez até a altura das coxas no escuro e trêmulo atoleiro, que se sacudia por metros a fio em ondulações ao redor dos nossos pés. Suas garras tenazes puxavam nossos tornozelos conforme andávamos, e quando afundávamos nele, era como se um tipo de mão maligna estivesse nos puxando naquelas profundidades obscenas, tão soturna e determinada era a força com que nos segurava. Uma vez apenas vimos um vestígio de que alguém passara pelo caminho perigoso à nossa frente. Dentre um tufo de gramíneas de algodão que nascia da lama, alguma coisa escura se projetava. Holmes afundou até a cintura ao desviar do caminho para apanhá-la, e se não estivéssemos ali para puxá-lo, ele poderia nunca mais ter posto o pé em terra firme outra vez. Ele segurou uma bota preta e velha no ar. "Meyers, Toronto" estava impresso no interior de couro.

– Vale a pena um banho de lama – desabafou. – É a bota perdida do nosso amigo *sir* Henry.

– Atirada lá por Stapleton durante a fuga.

– Exatamente. Ele a manteve em mãos depois de usá-la para colocar o cão no rastro. Depois fugiu quando soube que o jogo estava armado, ainda a segurando. E jogou-a fora neste ponto da fuga. Sabemos, pelo menos, que ele chegou até aqui em segurança.

Contudo, mais do que isso nunca fomos destinados a saber, embora houvesse muito que pudéssemos inferir. Não havia chances de encontrar pegadas no atoleiro, pois a lama vazava da terra rapidamente sobre elas. Porém, quando chegamos, enfim, a um terreno mais firme, além do charco, todos procuramos ansiosamente por elas. Apesar disso, nossos olhos não encontraram nem o menor sinal delas. Se a terra contasse uma história verdadeira, então Stapleton nunca chegara àquela ilha de refúgio em direção à qual ele havia atravessado a bruma na noite anterior. Em algum lugar, no coração do enorme brejo Grimpen, na lama asquerosa do grande pântano que o havia sugado, esse homem frio e de coração cruel havia sido enterrado para sempre.

Muitos vestígios dele encontramos na ilha cercada de pântano onde ele havia escondido seu aliado selvagem. Uma enorme roda motriz e um respiro meio cheio de lixo mostravam a posição de uma mina abandonada. Ao lado estavam os restos desmoronados das casas dos mineiros, espantados, sem dúvida, pelo desagradável cheiro do pântano circundante. Em uma delas, uma argola de ferro e uma corrente com uma quantidade de ossos roídos mostravam onde o animal fora confinado. Um esqueleto com um emaranhado de pelos castanhos colados estava entre os escombros.

– Um cachorro! – espantou-se Holmes. – Por Deus, um *spaniel* de pelos cacheados. O pobre Mortimer nunca mais verá seu animal de estimação. Bem, não sei se este lugar contém algum segredo que nós ainda não tenhamos desvendado. Ele podia esconder o cão, mas não silenciar sua voz, e daí vinham aqueles gritos que, mesmo à luz do dia, não eram agradáveis de se ouvir. Em uma emergência, ele podia manter o cão na casinha de Merripit House, mas era sempre um risco, e só no dia fatídico, que ele considerava o fim de todos os seus esforços, foi que ousou fazê-lo. Essa pasta na lata é, sem dúvida, a mistura luminosa com a qual pintou a criatura. Foi sugerido, naturalmente, pela história do cão infernal que assombra a família, e pelo desejo de matar o velho *sir* Charles de susto. Não é de se admirar que um pobre diabo condenado tenha corrido e gritado, como fez o nosso amigo, e como nós mesmos poderíamos ter feito, ao ver uma criatura como essa atravessar a escuridão da charneca no seu encalço. Era um dispositivo astuto, pois, além da possibilidade de conduzir sua vítima à morte, que camponês se aventuraria a chegar muito perto de tal criatura se a visse, como muitos a viram, na charneca? Falei isso em Londres, Watson, e digo de novo agora: nunca ajudamos a caçar um homem mais perigoso do que esse que está aí em algum lugar.

Ele acenou com o longo braço na direção da enorme extensão do pântano sarapintado de verde, que ia embora até se fundir nas ondulações castanhas da charneca.

Capítulo 15

• UMA RETROSPECTIVA •

Era o fim de novembro, e Holmes e eu estávamos sentados, em uma noite cortante e nebulosa, de cada lado de uma lareira ardente em nossa sala de estar em Baker Street. Desde o trágico resultado de nossa visita a Devonshire, ele andava envolvido em dois casos de extrema importância: no primeiro, expôs a atroz conduta do coronel Upwood, em conexão com o famoso escândalo de cartas do Nonpareil Club; enquanto, no segundo, ele havia defendido a infeliz madame Montpensier da acusação de homicídio que pairava sobre ela, em relação à sua enteada, *mademoiselle* Carere, a jovem que, como se recordará, foi encontrada seis meses mais tarde, viva e casada, em Nova York. Meu amigo estava de bom humor pelo sucesso que acompanhara uma sucessão de casos difíceis e importantes, de modo que consegui induzi-lo a discutir os detalhes do mistério de Baskerville. Eu esperara pacientemente pela oportunidade, pois sabia que ele nunca permitiria que os casos se sobrepusessem, e que sua mente límpida e lógica não seria tirada do trabalho presente para pensar nas lembranças do passado. *Sir* Henry e o dr. Mortimer estavam, no entanto, em Londres, a caminho daquela longa viagem que havia sido recomendada para a restauração dos nervos prejudicados do baronete. Eles haviam nos visitado naquela mesma tarde, de modo que era natural que o assunto surgisse para discussão.

– Todo o curso dos acontecimentos – disse Holmes –, do ponto de vista do homem que se chamava de Stapleton, era simples e direto; embora, para nós, que não tínhamos meios de conhecer os motivos de suas ações e só pudemos tomar conhecimento de parte dos fatos, tudo parecia excessivamente complexo. Tive a vantagem de duas conversas com a sra. Stapleton, e o caso foi agora tão completamente esclarecido que não estou ciente de que nada permanecesse um segredo para nós. Você vai encontrar algumas notas sobre o assunto sob a letra B na minha lista indexada de casos.

– Talvez queira me fazer a gentileza de dar um esboço do curso dos acontecimentos que ficaram guardados na sua memória.

– Certamente, embora eu não possa garantir que carrego todos os fatos na mente. A concentração mental intensa tem uma maneira curiosa de apagar o que passou. Um advogado de acusação, que tem o caso na ponta da língua e é capaz de discutir com um especialista sobre seu próprio assunto, descobre que uma semana ou duas de tribunal vai levar tudo embora de sua cabeça mais uma vez. Então, cada um dos meus casos desbanca o anterior, e o de *mademoiselle* Carere obscureceu minha lembrança de Baskerville Hall. Amanhã, algum outro pequeno problema poderá ser submetido ao meu conhecimento que, por sua vez, despojará a justa dama francesa e o infame Upwood. No que diz respeito ao caso do Cão, contudo, eu lhe darei o curso dos eventos da melhor forma que puder, e você pode sugerir qualquer coisa que eu possa ter esquecido.

• Uma retrospectiva •

"Minhas investigações mostram, além de qualquer dúvida, que o retrato de família não mentia, e que aquele sujeito era certamente um Baskerville. Era um filho daquele Rodger Baskerville, o irmão mais novo de *sir* Charles, que fugiu com uma reputação sinistra para a América do Sul, onde se diz que ele morreu solteiro. No entanto, ele se casou e teve um filho, esse sujeito, cujo nome verdadeiro é o mesmo de seu pai. Casou-se com Beryl Garcia, uma das beldades da Costa Rica e, tendo roubado uma considerável quantidade de dinheiro público, mudou seu nome para Vandeleur e fugiu para a Inglaterra, onde abriu uma escola no leste de Yorkshire. Sua razão para tentar esse ramo de negócios em especial era que ele tinha conhecido um tutor tuberculoso na viagem de volta para casa e então usado a habilidade desse homem para fazer da empreitada um sucesso. No entanto, Fraser, o tutor, morreu, e a escola, que tinha começado bem, afundou da má reputação para a infâmia. Os Vandeleur acharam conveniente mudar seu nome para Stapleton, e ele trouxe o remanescente de sua fortuna, seus planos para o futuro e seu gosto pela entomologia para o sul da Inglaterra. Descobri no *British Museum* que ele era uma autoridade reconhecida no assunto e que o nome de Vandeleur havia sido permanentemente ligado a uma determinada mariposa que ele, em seus dias de Yorkshire, foi o primeiro a descrever."

"Chegamos agora à parte de sua vida que provou ser de tão intenso interesse para nós. O sujeito, evidentemente, havia feito perguntas e descobriu que apenas duas vidas se interpunham entre ele e uma propriedade valiosa. Quando foi para Devonshire, seus planos, eu acredito, eram extremamente nebulosos, mas que ele pretendesse fazer mal desde o início é evidente pela maneira com que levou a esposa consigo no caráter de irmã. A ideia de usá-la como chamariz já estava clara em sua mente, embora ele não tivesse certeza de como os detalhes de sua trama devessem ser arranjados. Ele pretendia, no final, tomar a propriedade, e estava pronto para usar qualquer ferramenta ou executar qualquer risco para alcançar esse fim. Seu primeiro ato foi estabelecer-se o mais próximo possível de sua casa ancestral, e seu segundo foi cultivar uma amizade com *sir* Charles Baskerville e com os vizinhos."

"O próprio baronete lhe contou sobre o cão da família, e assim preparou o caminho para sua própria morte. Stapleton, como continuarei a chamá-lo, sabia que o coração do velho era fraco e que um choque o mataria. Isso ele ficara sabendo por meio do dr. Mortimer. Tinha ouvido também que *sir* Charles era supersticioso e que tinha levado a lenda sombria muito a sério. Sua mente engenhosa instantaneamente sugeriu uma maneira pela qual o baronete pudesse ser fadado à morte, e, ainda assim, seria muito possível encontrar o rastro do verdadeiro assassino."

"Tendo concebido a ideia, ele procedeu à sua execução com considerável *finesse*. Um tratante comum teria se contentado em trabalhar com um cão selvagem. O uso de meios artificiais para tornar a criatura diabólica foi um lampejo de genialidade de sua parte. O cão ele comprou em Londres, de Ross e Mangles, os fornecedores em Fulham Road. Era o mais forte e mais selvagem que eles possuíam. Ele o trouxe para o sul pela linha de North Devon e caminhou uma grande distância sobre a charneca, de modo a levá-lo até sua casa sem despertar quaisquer comentários. Caçando seus insetos, ele já tinha aprendido a penetrar o brejo Grimpen, e assim encontrou um lugar seguro para a criatura. Lá ele o prendeu em um canil e esperou por sua chance."

"Porém, ela demorou a chegar. O velho cavalheiro não poderia ser dissuadido a sair de suas terras à noite. Várias vezes Stapleton espreitou com o cão, mas sem proveito. Foi durante essas buscas infrutíferas que ele, ou melhor, seu aliado, foi visto pelos camponeses, e assim a lenda do cão-demônio recebeu uma nova confirmação. Ele nutria esperanças de que a esposa pudesse atrair *sir* Charles para sua ruína, mas nisso ela se mostrou inesperadamente independente. Ela não desejava enredar o velho cavalheiro em um apego sentimental que poderia entregá-lo ao inimigo. Nem ameaças e nem mesmo, lamento dizer, violência física foram suficientes para fazê-la mudar de ideia. Ela não teria nada a ver com aquilo, e, por algum tempo, Stapleton se viu em um impasse."

"Ele encontrou uma maneira de sair de suas dificuldades pela possibilidade de que *sir* Charles, que tinha concebido uma amizade por ele, o fizesse ministro de sua caridade no caso daquela infeliz mulher, a sra. Laura Lyons. Ao se representar como um homem solteiro, ele adquiriu completa influência sobre ela e lhe deu a entender que, no caso de ela conseguir o divórcio de seu marido, ele se casaria com ela. Seus planos foram de repente trazidos à tona por seu conhecimento de que *sir* Charles estava prestes a sair de Baskerville Hall, por conselho do dr. Mortimer, cuja opinião ele próprio fingiu endossar. Assim, teve que agir imediatamente, ou sua vítima poderia sair do alcance de seu poder. Ele, portanto, pressionou a sra. Lyons para escrever aquela carta, implorando ao velho que lhe concedesse uma entrevista na noite antes de sua partida para Londres. Ele, então, por um argumento especioso, impediu-a de ir, e assim teve a chance que estava esperando."

"Voltando de coche à noite, regressando de Coombe Tracey, ele chegou a tempo de pegar o cão, de tratá-lo com a tinta infernal e de levar a fera ao portão em que tinha razão de achar que encontraria o velho cavalheiro esperando. O cão, incitado por seu mestre, saltou sobre a portinhola e perseguiu o infeliz baronete, que fugiu gritando pela Alameda dos Teixos. Naquele túnel sombrio, de fato, deve ter sido um espetáculo terrível ver aquela enorme criatura negra, com suas mandíbulas flamejantes e seus olhos ardentes, saltando atrás de sua vítima. Ele caiu morto no final do caminho, de doença cardíaca e de terror. O cão se manteve sobre a faixa de grama, enquanto o baronete tinha corrido pelo caminho de terra, de modo que não é visível nenhuma pegada além da pegada do homem. Ao vê-lo deitado, a criatura provavelmente se aproximou para cheirá-lo, mas ao encontrá-lo morto, afastou-se de novo. Foi então que deixou a pegada realmente observada pelo dr. Mortimer. O cão foi chamado de volta e levado às pressas para a toca no brejo Grimpen. Dali restou um mistério que intrigou as autoridades, alarmou o interior e finalmente trouxe o caso ao âmbito da nossa observação."

"Isso é o que se pode dizer sobre a morte de *sir* Charles Baskerville. É possível perceber a astúcia diabólica que há nela, pois realmente seria quase impossível ligar o caso ao verdadeiro assassino. Seu único cúmplice era aquele que nunca poderia entregá-lo, e a natureza grotesca e inconcebível do artifício só serviu para torná-lo mais eficaz. Ambas as mulheres envolvidas no caso, a sra. Stapleton e a sra. Laura Lyons, foram deixadas com uma forte suspeita contra Stapleton. A sra. Stapleton sabia que ele tinha intentos a respeito do velho, e também conhecia a existência do cão. A sra. Lyons não conhecia nenhuma dessas coisas, mas ficou impressionada com a morte ocorrida no momento de um encontro não cancelado do qual apenas ele tinha conhecimento. No entanto, ambas estavam sob a influência de Stapleton, e ele não tinha nada a temer da parte delas. A primeira metade de sua tarefa foi realizada com sucesso, mas a mais difícil ainda permanecia."

"É possível que Stapleton não soubesse da existência de um herdeiro no Canadá. Em todo caso, logo tomaria conhecimento disso por meio de seu amigo, o dr. Mortimer, e foi informado por este último de todos os detalhes da chegada de Henry Baskerville. A primeira ideia de Stapleton era que esse jovem estrangeiro do Canadá pudesse ser morto em Londres sem que se dirigisse para Devonshire. Ele desconfiava da esposa desde que ela se recusara a ajudá-lo a preparar uma armadilha para o velho, e não se atrevia a deixá-la longe de sua vista por medo de perder a influência exercida sobre ela. Foi por essa razão que ele a levou para Londres consigo. Hospedaram-se, creio, no Mexborough Private Hotel, na Craven Street, que na verdade foi um dos hotéis visitados pelo meu agente em busca de pistas. Ali ele mantinha a esposa presa dentro do quarto, enquanto, disfarçado com uma barba, seguiu o dr. Mortimer para Baker Street e depois para a estação e para o Northumberland Hotel. A esposa tinha alguma ideia de seus planos; mas sentia tanto medo do marido – um medo fundado em brutais maus-tratos – que não ousaria escrever para avisar o homem que ela sabia correr perigo. Se a carta caísse nas mãos de Stapleton, a vida dela não estaria segura. Em dado momento, como sabemos, ela adotou o expediente de cortar as palavras que formariam a mensagem, e endereçou a carta com uma caligrafia disfarçada. A missiva chegou ao baronete e deu-lhe a primeira advertência de seu perigo."

"Era muito essencial para Stapleton obter algum artigo de vestimenta de *sir* Henry, de modo que, caso fosse levado a usar o cão, teria sempre os meios de colocá-lo no rastro do baronete. Com prontidão e audácia características, ele se pôs imediatamente em ação, e não podemos duvidar de que o funcionário responsável pelas botas ou a camareira do hotel estivessem bem subornados para ajudá-lo no projeto. Por acaso, entretanto, a primeira bota que lhe foi tomada era nova e, portanto, inútil para o propósito. Em seguida, ele voltou e obteve outra – um incidente muito instrutivo, uma vez que provou conclusivamente a minha ideia de que estávamos lidando com um cão real, já que nenhuma outra suposição poderia explicar a ansiedade para obter uma bota velha, e aquela indiferença por uma nova. Quanto mais escandaloso e grotesco for um incidente, mais cuidadosamente ele merece ser examinado, e o próprio ponto que parece complicar um caso é, quando devidamente considerado e cientificamente tratado, aquele que tem mais chances de elucidá-lo."

"Então nós tivemos a visita de nossos amigos na manhã seguinte, sombreada sempre por Stapleton no carro de aluguel. Tendo em vista o conhecimento dos nossos aposentos e da minha aparência, bem como a conduta geral que ele demonstrou, estou inclinado a pensar que a carreira de crime de Stapleton não se limitou de modo algum àquele único caso de Baskerville. É sugestivo que nos últimos três anos houve quatro assaltos consideráveis na região ocidental do país, pois em nenhum deles o criminoso chegou a ser preso. O último deles, em Folkestone Court, em maio, foi notável pelo tiro a sangue-frio contra o rapaz mensageiro, que surpreendeu o ladrão mascarado e solitário. Não posso duvidar de que Stapleton reunia seus recursos decrescentes desta forma, e que por anos ele tem sido um homem desesperado e perigoso."

"Tivemos um exemplo de sua prontidão de engenhosidade naquela manhã, quando ele fugiu de nós com tanto sucesso, e também de sua audácia em me enviar o meu próprio nome no episódio do cocheiro. A partir daquele momento, ele compreendeu que eu tinha assumido o caso em Londres, e que, portanto, não havia nenhuma chance para ele lá. Assim, retornou a Dartmoor e esperou a chegada do baronete."

– Um momento! – pedi. – Você, sem dúvida, descreveu a sequência de eventos corretamente, mas há um ponto que deixou inexplicável. O que acontecia com o cão quando seu mestre estava em Londres?

– Dei alguma atenção a esse assunto que, sem dúvida, é de importância. Não pode haver dúvida de que Stapleton tinha um confidente, embora seja improvável que tivesse se colocado à mercê dessa pessoa, compartilhando de todos os seus planos. Havia um velho criado em Merripit House, de nome Anthony. Sua conexão com os Stapleton pode ser rastreada por vários anos, desde os dias da escola, de modo que ele devia saber que seus senhores eram, na realidade, marido e mulher. Esse homem desapareceu e fugiu do país. É sugestivo que Anthony não seja um nome comum na Inglaterra, enquanto Antonio o é em todos os países hispânicos ou hispano-americanos. O homem, como a própria sra. Stapleton, falava um bom inglês, mas com um curioso acento cecejante. Eu mesmo vi esse velho atravessar o brejo Grimpen pelo caminho que Stapleton havia marcado. É muito provável, portanto, que, na ausência de seu mestre, fosse ele quem cuidava do cão, embora nunca tivesse tido conhecimento do propósito para o qual a fera era usada."

"Os Stapleton voltaram então a Devonshire, onde logo foram seguidos por *sir* Henry e por você. Uma palavra agora a respeito de como eu me portei naquele tempo. Talvez seja possível lembrar que, quando examinei o papel em que as palavras impressas foram coladas, fiz uma inspeção íntima da marca-d'água. Ao fazê-lo, segurei-a a poucos centímetros dos meus olhos e notei um fraco odor conhecido como o do jasmim branco. Existem setenta e cinco perfumes, e é muito necessário que um perito criminal seja capaz de distinguir uns dos outros, e os casos mais de uma vez dependeram da minha própria experiência de reconhecimento imediato desses perfumes. O cheiro sugeria a presença de uma dama, e meus pensamentos de pronto começaram a se voltar para os Stapleton. Assim, eu tinha resolvido a questão do cão e levantado uma suspeita do criminoso antes de nem sequer termos ido para a região oeste.

– Era minha tarefa vigiar Stapleton. Era evidente, no entanto, que eu não poderia fazer isso se estivesse com você, uma vez que ele ficaria ostensivamente de guarda. Enganei a todos, portanto, até mesmo você, e viajei em segredo quando deveria estar em Londres. Minhas dificuldades não foram tão grandes como você imaginou, embora esses detalhes insignificantes nunca devam interferir na investigação de um caso. Fiquei na maioria das vezes em Coombe Tracey, e só usei a cabana na charneca quando era necessário estar perto da cena de ação. Cartwright tinha vindo para o sul comigo e, em seu disfarce de menino camponês, ele foi de grande ajuda para mim. Eu dependia dele para comida e roupas limpas. Enquanto eu vigiava Stapleton, Cartwright vigiava você, de modo que eu fosse capaz de manter minha mão sobre todas as cordas."

"Já lhe disse que seus relatórios me chegavam depressa, já que eram encaminhados instantaneamente de Baker Street para Coombe Tracey. Foram de grande utilidade para mim, e em

• Uma retrospectiva •

especial aquela parte incidentalmente verdadeira da biografia de Stapleton. Fui capaz de estabelecer a identidade do homem e da mulher e soube, enfim, exatamente como eu estava em relação a todo caso. Tinha sido consideravelmente complicado com o incidente do preso fugitivo e das relações entre ele e os Barrymore. Isso também você aclarou de uma forma muito eficaz, embora eu já tivesse chegado às mesmas conclusões de minhas próprias observações."

"Quando você me descobriu na charneca, eu tinha um conhecimento completo de toda a matéria, mas não possuía um caso fechado que pudesse levar perante um júri. Até mesmo a tentativa de Stapleton de tirar a vida de *sir* Henry naquela noite, que terminou com a morte do infeliz condenado, não nos ajudou muito na prova de homicídio contra nosso homem. Parecia não haver outra alternativa senão pegá-lo em flagrante, e para tal precisávamos usar *sir* Henry, sozinho e aparentemente desprotegido, como isca. Fizemos isso e, à custa de um choque grave para o nosso cliente, conseguimos fechar o nosso caso e despachar Stapleton para sua ruína. Que *sir* Henry devesse ter sido exposto é, devo confessar, uma censura ao meu gerenciamento do caso, mas não tínhamos meios de prever o espetáculo terrível e paralisante que a besta apresentou, nem poderíamos prever a nuvem espessa de cerração que o fizesse se deparar conosco tão inesperadamente. Conseguimos nosso objetivo a um custo que tanto o especialista como o dr. Mortimer me asseguram que será temporário. Uma longa jornada pode permitir que nosso amigo se recupere não só de seus nervos traumatizados, mas também de seus sentimentos destruídos. Seu amor pela dama era profundo e sincero, e, para ele, a parte mais triste de todo esse assunto negro foi ter sido enganado por ela."

"Resta apenas indicar o papel que ela desempenhou durante todo o tempo. Não pode haver dúvida de que Stapleton exerceu uma influência sobre a mulher, que pode ter sido amor ou pode ter sido medo, ou com grande probabilidade ambos; já que não são emoções incompatíveis. Foi, pelo menos, absolutamente eficaz. Ao comando dele, ela consentiu em se passar por sua irmã, embora ele tivesse encontrado os limites de seu poder sobre ela quando se esforçou para fazer dela o instrumento direto de assassinato. A sra. Stapleton estava pronta para avisar *sir* Henry, contanto que não implicasse o marido, e repetidamente tentou fazê-lo. O próprio Stapleton parecia ter sido capaz de ciúme e, quando viu o baronete cortejar a dama, embora fosse parte de seu próprio plano, mesmo assim não pôde deixar de sofrer um arroubo apaixonado que revelava a alma ardente que seus modos autocontidos tão habilmente ocultavam. Ao encorajar a intimidade, assegurou-se de que *sir* Henry fosse frequentemente a Merripit House e que, mais cedo ou mais tarde, recebesse a oportunidade que desejava. No dia da crise, porém, a esposa se voltou de repente contra ele. Ela havia descoberto algo sobre a morte do condenado foragido, e sabia que o cão estava sendo mantido na casinha do pomar, na noite em que *sir* Henry viria para jantar. Ela jogou no seu marido o peso do intencionado crime, e uma cena furiosa seguiu-se a isso, na qual ele lhe mostrou, pela primeira vez, que ela tinha uma rival em seu amor. Em um instante, a fidelidade da mulher se transformou em ódio amargo, e ele viu que ela iria traí-lo. Ele a amarrou, portanto, para que não tivesse chance de advertir *sir* Henry, e esperava, sem dúvida, que quando toda a região atribuísse a morte do baronete à maldição de sua família, como certamente o faria, ele poderia convencer a esposa a aceitar um fato consumado e manter silêncio sobre o que ela sabia. Nisso, eu imagino que, em todo caso, ele cometeu um erro de cálculo e que, se não estivéssemos lá, o destino dele seria, no entanto, selado. Uma mulher de sangue espanhol não tolera uma injúria tão facilmente. E agora, meu caro Watson, sem me referir às minhas anotações, não posso lhe dar um relato mais detalhado desse curioso caso. Não conheço nada essencial que tenha sido deixado sem explicação."

– Ele não podia esperar matar *sir* Henry de susto como tinha feito com o velho tio usando o cão maligno.

– O animal era selvagem e passava fome. Se sua aparência não assustasse sua vítima até a morte, pelo menos paralisaria a resistência que poderia ser oferecida.

– Sem dúvida. Resta apenas uma dificuldade. Se Stapleton entrasse na sucessão, como poderia explicar o fato de que ele, o herdeiro, vivia sem vir às claras, sob outro nome e tão próximo da propriedade? Como poderia reivindicar a herança sem causar suspeita e indagação?

– É uma dificuldade formidável, e receio que você peça demais ao esperar que eu resolva essa questão. O passado e o presente estão dentro do campo da minha investigação, mas o que um homem pode fazer no futuro é uma pergunta difícil de responder. A sra. Stapleton ouviu o marido discutir o problema em várias ocasiões. Havia três cursos possíveis. Ele poderia reivindicar a propriedade da América do Sul, estabelecer sua identidade perante as autoridades britânicas de lá e assim obter a fortuna sem nunca vir à Inglaterra; ou ele poderia adotar um disfarce elaborado durante o curto período de tempo em que precisasse estar em Londres; ou, por outro lado, ele poderia guarnecer um cúmplice com as provas e os papéis, colocando-o como herdeiro, e manter reivindicação sobre alguma fração de sua renda. Não podemos duvidar, pelo que sabemos dele, de que ele teria encontrado alguma maneira de sair dessa dificuldade. E agora, meu caro Watson, tivemos algumas semanas de árduo trabalho e, por uma noite, penso eu, poderemos sintonizar nossos pensamentos em canais mais agradáveis. Tenho ingressos de camarote para assistir a "Les Huguenots". Já ouviu falar de De Reszkes? Poderia lhe pedir então o incômodo de ficar pronto em meia hora, para podermos passar pelo Marcini para um pequeno jantar no caminho?